**Autora:** Linda Morales Caballero.

**Título de la obra:** El libro de los enigmas.

**Número de páginas:** 176

**ISBN-13:** 978-84-933290-3-7

**ISBN-10:** 84-933290-3-7

**Género:** Relato.

**Año de Publicación:** 2025. Tercera edición.

**Corrección literaria y diagramación:**
Juan Navidad
www.laovejitaebooks.com

# El libro de los enigmas

Linda Morales Caballero

*Costa Literaria*
*Ediciones*
costaliteraria.com

# PRÓLOGO

En esta colección de relatos, Linda Morales Caballero recoge historias que ha ido coleccionando y modelando durante más o menos tiempo. Podrán distinguirse fácilmente los que pudieron ser sueños o no, de las que tienen la impronta biográfica que le da al libro también un tono de nostalgia. Estamos hechos de nuestro pasado y por eso, nuestra historia, incluso la de algunos de los personajes intimistas que Linda refleja tan bien, saben que sufren o viven o descubren elementos sorprendentes que son conscientes de que van a marcar sus vidas para siempre.

Junto a esos relatos más biográficos, se entremezcla el misterio, lo surrealista, personajes atípicos, muchos animales insólitos, profesionales de dudosa profesionalidad y carentes de humanidad, hay situaciones grotescas y esperpénticas que bien podría haber pintado Dalí. Al leer el libro recordé al pintor de Figueras, que se dormía la siesta en un butacón con un cucharón en la mano que caía con cada cabezada y con el estruendo, pintaba cada sueño interrumpido.

Esta colección tiene también muchos elementos novedosos. Hay vínculos con la poesía, con el teatro, con los medios de comunicación, con las conexiones neuronales que conforman nuestra psicología, y medios como el arte aparecen en primer plano y la música y el cine, lo hacen subliminalmente y de soslayo.

Cada cuento tiene tal riqueza y capacidad de sugestión que no tardarán en surgirnos una curiosidad intensa sobre el antes y el después, sobre los antecedentes y las consecuencias que produjeron los hechos que se narran. El *enigma* que recorre el libro podría encerrar un nuevo subgénero narrativo, por la riqueza que alberga cada historia y por las preguntas que surgen y nos van a proporcionar tantas respuestas como amplia sea nuestra imaginación.

Y es que Morales Caballero en este libro recoge en las mismas páginas cuentos de cortes tan variados que quien los lea sin duda se va a sorprender, crispar, relajar, conmover o acabar de los nervios con cada historia. Son cuentos cargados de vida, de energía, de muy buena literatura, porque su autora sabe mucho de todo ello y utiliza las palabras con la precisión de un cirujano, el cálculo de un alquimista y el roce exacto de la caricia de una madre...

Juan Navidad

# Nota la segunda edición

Desde que hace se presentara *El libro de los enigmas*, han sucedido muchas cosas que merece la pena mencionar en esta breve introducción. Desde el punto de vista del público lector, se ha confirmado que estos enigmas no son relatos breves al uso, sino que están provistos de unas aristas que los hacen especialmente poliédricos y policromáticos. Para quienes los leen, es relativamente habitual la identificación con situaciones, sensaciones e instantes que se reproducen en el libro. Estos *enigmas* son además, herramientas para la introspección, como nos han comentado a la autora y a mí —como editor— tanto lectores como profesionales en psicología y maestros que han mostrado interés y se han propuesto utilizar algunos de ellos en su práctica y clases. En relación con este uso de apoyo psicológico, desde el año 2013, se han compartido estas historias en grupos de diversos pacientes y se ha descubierto el interés reflexivo y terapéutico que pueden tener. En el ámbito educacional algunos ya se han incluido en clases universitarias.

En el escenario, han tenido lugar en muchos eventos y festivales, múltiples representaciones y lecturas dramatizadas de varios de los enigmas en sus versiones puramente teatrales, otras, más de tipo monólogo e incluso la obra llamada: *Enigmas*, adaptación de cinco enigmas de la Compañía Bramante de Valencia, España, que estrenó esta obra en el festival multidisciplinario: SANfest, (Sanfest.org) en Madrid. La obra: *Enigmas*, continuó siendo representada en forma de molólogo en distintas ciudades, de España, y el extranjero, de manera itinerante.

La pantalla del cine también proyectó el cortometraje experimental "Lips", la versión en inglés de "Labial" el cual participó en Festivales Internacionales llevados a cabo en Nueva York y Nueva Jersey, recibiendo mútiples reconocimientos. Una de las cualidades que tienen estas historias cargadas de misterio es que son universales, representan realidades comprensibles y entendibles desde cualquier cultura, por eso pueden ser interpretadas o utilizadas en español o en inglés y en el futuro incluso en otras lenguas.

Hay otros usos que se están dando y que van encontrando su manifestación. Uno de los enigmas ha sido presentado en un congreso por su interés evaluando su versatilidad en inglés y español y también por su transferencia al lenguaje cinematográfico. También se están estudiando algunos de estos enigmas desde el punto de vista filológico e incluso cómo se expresan o se pueden expresar utilizando distintos géneros creativos: teatro, monólogo cómico, cine, títeres... Y como este primer libro recoge sólo las primeras historias que reúnen las características que podrían denominarse *enigmas*, esperamos que pronto salga publicado un segundo libro, en el cual lleva un tiempo trabajando la autora.

Juan Navidad
Editor

# El libro de los enigmas

Linda Morales Caballero

*A mis mentores*

## Metamorfosis

He entrado en esta casa sin saber cómo ni por qué, supongo que porque me fue fácil hacerlo. Todo está muy limpio. El dueño es un abogado bastante displicente, arrogante, barrigón y tonto, que se complace en aguaitar a la mucama que limpia —con un largo plumero de color neutro— el salón de recibo, en medias de nylon con portaligas, y coqueto saquito de vestir, sin falda.

La miro y silenciosamente intento pasar desapercibida. Voy por las patas de las sillas del comedor. La gran mesa de madera me provoca unas mordidas, pero me controlo. Me deslizo a lo largo de la bella alfombra verdosa de seda y ¡zas! me descubre la promiscua mucama, quien a gritos pide ayuda: —*¡Hay una rataaaaaaaaaaaa!* Como nadie viene volando ante sus histéricos gritos, ella se envalentona y con todas sus fuerzas me asesta un par de escobazos que me tuercen el cuello.

Hago grandes esfuerzos por escapar y entre susto y acrobacia, logro correr hacia una bolsa de papel que he visto tirada en el piso. Es tal mi deseo de esconderme que antes de entrar en ella, logro cambiar de apariencia. Ya no soy una rata, ahora soy un pequeño lagarto con la piel dura, verde-grisácea, rugosa y gruesa, que me protegerá mejor de cualquier nuevo embiste de la rubia en medias de nylon.

El abogado por fin llega en su auxilio, y a pesar del cambio —como sigo siendo repugnante— ella le exige a gritos que me mate. El hombre, quién sabe por qué, cierra la bolsa en la que me encuentro y decide, mejor, echarme a la calle. Mientras me conduce hacia la puerta, presiento el miedo al desamparo que me espera en las calles grises y feas y no sé si agradecer que no me mate de una vez.

La mucama de piernas largas sigue gritando y jadeando de forma melodramática. El abogado, que de alguna manera debe sentirse identificado conmigo, me traslada irremediablemente hacia la salida. Cuando la abre, siento la luz de la calle filtrarse por la bolsa arrugada, y al lanzar ésta conmigo dentro, ruedo por las escalinatas del frente de la casa. Por el golpe, o quién sabe por qué, me levanto erecta y desnuda. Soy una mujer joven, como de dieciséis años.

Por la esquina cruza un grupo de las Hermanitas de la Caridad. Me observan horrorizadas y una de ellas se me aproxima con paso corto y presuroso para cubrirme con un lienzo blanco que parece sobrarle del hábito.

Ellas creen ver en mí a una monja que escapó de su redil. Mi cabello está cortado como a navajazos. Quizás sea eso lo que les hace pensar que somos el mismo tipo de perseguidas.

En silencio me dejo llevar protegida en su blancura, y mientras me alejo, miro hacia atrás. Los de la casa, perplejos y enmudecidos, cual estatuas de sal, me ven ahora como a una figura recién nacida de las manos de Rafael Sanzio: sólida, transpirada e impenetrable.

## Ancón

Aquel fue nuestro último veraneo en familia. Ancón era el balneario de moda en Lima por aquellos días. Algo así como Ipanema en el Brasil. La gente *bien* iba a pasar el verano allá: los Berkemeyer, los Miró Quesada, los Prado... De uno de los miembros más jóvenes de esa familia se relataba un trágico accidente que nunca olvidaré.

Sí, fue la última vez que papá, mamá y yo veraneamos juntos. No recuerdo haber tenido cicatrices de las dos dolorosas separaciones por las que ya habíamos pasado, más bien, recuerdo un ansia irreverente de vivir.

En aquella ocasión nos quedamos en una casa que, por alguna razón que ignoro, no estaba frente al mar. Era grande y cómoda, como lo muestran las fotografías. Las que también muestran a una niña de pocos años con las manos en la cintura, pero por debajo del vestido acampanado. Eso fue parte de ese verano. Encontraba divertido ceñirme el talle por debajo de la falda ya que pensaba que se veía lindo el vuelo de la campana elevada: como una media luna que de todas formas me cubría muy bien. Mamá intentó corregirme la pose, especialmente para las fotos, pero fue inútil. Creo que era una demostración de mi precoz interés por ser original.

Estuvimos en la playa, en los restaurantes y las heladerías como en otros veranos, pero lo que más me emocionaba era nuestra lancha con motor fuera de borda. Papá parecía un galán de cine, y no era que yo lo dibujara así en mi mente. Ahora noto que tenía la influencia de los protagonistas franceses, tal vez un estilo a lo Jean-Paul Belmondo. Papá, en todo caso, me impresionaba principalmente por su forma curiosa de comer pequeños peces recién pescados: les echaba un chorro de limón y parecía engullírselos enteros.

Recuerdo que me ofrecía un sol si me comía uno a su estilo. Pero mamá se moría de miedo de que yo aceptara. Así que, aunque la tentación era muy grande por el reto que suponía, el abrazo de ella alrededor de mi cuerpo me convencía de que era incapaz de hacerlo.

Sé que nos quedamos largo tiempo, porque llevamos ropa a lavar en seco en más de una ocasión. Además, logré hacerme amiga de un perro callejero blanco y lanudo al que llamaba Bobby, seguramente por alguna tonta e imperceptible influencia norteamericana.

Quizás la única marca que me quedaba de las dos anteriores separaciones de mis padres era aquella sensación de seguridad e insolencia que parecía ser parte de mi carácter. Había descubierto la ventaja, la casi arrogancia que daba pertenecer a una familia; más aún, a una familia que veraneaba en Ancón, consumía lo que se le antojaba y se transportaba en un Cadillac que antes había sido el coche oficial del embajador norteamericano.

Hasta hoy me parece mentira que a tan temprana edad yo pudiese percibir esas diferencias de nivel económico y social. En realidad, supongo que sería porque todo eso se traducía en estabilidad y protección.

De regreso a Lima, no me permitieron llevar al perro, a Bobby. Seguramente fue papá el que no quiso. Mamá, siempre que su ocupado horario se lo permitiera, recogía perros callejeros para bañarlos y arreglarlos a fin de encontrarles dueño.

A mí se me encogía el corazón viendo al perrito correr durante muchas cuadras detrás de nosotros. Pensé que quizás nos seguiría hasta nuestra casa, o que mis padres se compadecerían de él. Una emoción de regocijo me subía por el pecho al imaginar el momento en que lo dejáramos entrar al auto. Sus penurias en la calle habrían terminado. Pero no ocurrió ni lo uno ni lo otro. Aún mucho después de que el perro desistiera, yo continuaba esperanzada mirando el paisaje alejarse desde la ventana trasera, primero el pueblo y después la carretera.

Entonces comencé a proferir lo que sospechaba que eran lisuras, mientras me secaba disimuladamente las lágrimas. Prefería que supieran de mi rabia, pero no de mi tristeza. Creo que era como no dejarles ganar una batalla, no dejarles saber que estaba sufriendo por algo que ellos no se habían molestado en hacer. Quizá ya para entonces, y con justa razón, mis padres y yo habíamos iniciado una guerra de sentimientos que a mí me seguiría de por vida.

Mamá se sorprendió, pero no le interesó saber por qué las decía y me mandó a callar: —¿*Qué cosa, qué cosa estoy escuchando? Una niña no dice esas palabras.* Mientras tanto, papá sólo parecía interesado en continuar su conversación con ella.

Irremediablemente, asocio este recuerdo con otro que ocurrió pocos años después, cuando mis padres ya se habían separado del todo y mamá, en el intento de conservar nuestros paseos a la playa, me llevó a Ancón. Fue una excursión de un solo día. Para entonces, una apatía insondable se había apoderado de mi vida.

Yo solamente tendría unos ocho años, pero entendía nuestra situación como patética. Nuestro nivel social había dado un giro de 180 grados. Estábamos sometidas a muchas incomodidades, como viajar en transporte público (que en Lima siempre fue pésimo). Y lo peor, comencé a ser testigo de hechos injustos que nunca había visto de cerca y que quizás habría pasado toda la vida sin ver. Nunca hubiera imaginado el estado miserable de mucha gente para la que un viaje a Ancón no significaba un paseo sino un trabajo o un sacrificio.

Recuerdo que mamá le cedió el asiento a una señora india que viajaba con su criatura amarrada a la espalda, al estilo de ellos, y que la mujer no quería aceptar, incrédula de que una persona blanca y bien presentada se preocupara por ella. Ciertamente, la mayor parte de la gente criolla, la habría ignorado o, peor aún, les hubiera supuesto un fastidio.

El ómnibus despedía un raro olor a transpiración y desánimo. El viaje era interminable y tedioso y yo sentí una profunda tristeza, no por mí, sino por mi mamá, que ahora tenía que afrontar una vida tan diferente, mientras trataba de hacer feliz a una persona incapaz de serlo.

Creo que esa ha sido siempre mi peor culpa, no lograr superar la tristeza, y mucho menos frente a mis padres. Mamá, en especial, siempre hizo todos los esfuerzos posibles para alegrarme mientras yo crecía. Pero era como hacerle cosquillas a alguien a quien las cosquillas le hacen llorar. Sus esfuerzos me producían una enorme pena. No me cuestioné esto hasta hace poco porque había asumido que mi tristeza era algo inherente a mí. Pero no, no nací con ella, al contrario, los primeros años de mi vida yo era otra, rebosante de vida y entusiasmo. Sin embargo, esos mismos años ya me habían enseñado lo peligroso que era reír.

## Santo

No, no era Venecia. El agua verduzca y amarronada que íbamos cruzando en la barca se parecía a las pinturas de Canaletto pero algo no concordaba. Mi sensación era más bien la de estar dentro de una película de Hollywood o tal vez en Disneylandia.

Navegando para llegar a la Plaza de San Marcos nos cruzamos con algunas góndolas que por alguna razón de inmovilidad o silencio —no podría precisarlo— parecían fantasmas. Allí se elevaba un templo gigantesco que no era la Basílica de San Marcos y que en cambio lucía como construida por Gaudí, pero en una época mucho más antigua que la suya.

Al arribar a la plaza encontramos unos vendedores ambulantes que ocuparon toda la atención de mis compañeros de viaje. Al parecer a nadie le importa ya la arquitectura, ni la historia, menos el arte y, por último, ni siquiera provechar aquello por lo que pagaron.

En este caso, para ellos aquel viaje a Venecia no era sino el mejor pretexto para seguir comprando compulsivamente, en donde pudieran y lo que pudieran. Pensé que ni siquiera valía la pena compartir mis sospechas con los demás. ¡Me tomarían por loco!

Volviendo a la plaza, uno de los tantos vendedores trató de convencerme de que le comprara un colgante con un busto de Beethoven al que yo no le encontré ningún uso, ya que mi mujer odia la música clásica y yo no estoy para colgantes.

Más bien me interesé por la imagen de un santo cuyo marco de plata parecía hecho con un cincel burdo y apurado como todo lo que ofrecía este mercader, quien me explicó con voz engolada de pitonisa comercial que era el santo de los que han perdido el rumbo. ¿El rumbo yo? pensé: éste debe saber que los del tour nos han embaucado. Me pareció que me miraba socarrón.

Observé al santo nuevamente. Estaba representado con una iconografía de arte bizantino y vestido de guerrero. Se veía como una verdadera reliquia y puede que funcionara como una brújula o hasta como un oráculo. Quizá podría guiarme en el camino a casa, comenzando por sacarme de esta falsa Venecia a la que estaba convencido nos habían traído como a un montaje de estudio cinematográfico. Pero como los santos guerreros siempre me han producido cierta desconfianza, especialmente por lo mal que acabaron algunos, como Juana de Arco, preferí no comprarlo.

Finalmente, me quedé con los duros que estaba calentando en el bolsillo con ganas de soltarlos y en cambio elegí hacer algo que me pareció menos arriesgado: conocer el lugar. Al fin y al cabo, para eso estaba visitándolo, ¿no?

Entré a la iglesia enorme que había sobre la dichosa plaza y descubrí que era tan oscura y húmeda que casi no podían distinguirse las figuras esculpidas de las imágenes pintadas. Puede que por eso, en la fachada, bajo unos soportales, como si de un negocio se tratara, habían creado unos escaparates que, iluminados por la luz del día dejaban apreciar su contenido.

Me pareció que alucinaba cuando me di cuenta de que las vidrieras eran en realidad peceras. Una en particular llevaba por título: *San Dionisio*, insólitamente representado por un pequeño pez de color naranja encendido que vivía entre las grutas de su exiguo mundo. Imaginé que, para esa extraña religión, que mezcla creencias cristianas y romanas o quién sabe qué, los santos se reencarnan en peces, ¿en peces? O tal vez no era ningún santo sino el mismísimo Baco condenado por un nuevo reciclaje de nombres, a los que ya los consumidores le han perdido el rastro.

Este Dionisio moderno se desplaza con movimientos graciosos y ondulantes por su diminuto reino ante la mirada de personas azoradas y desconcertadas como yo, al encontrarnos frente a un "santo-pez". ¡Hostia, lo que hay que ver!

Lógicamente no se me ocurrió pedirle nada, ni siquiera que me sacase del lugar, ya bastante tenía con todo lo visto. De vuelta a tierra firme, tomé un autobús que no era el mío a ver si escapaba de ahí o por lo menos descubría el trasfondo de esta ciudad o invento, por mi propia cuenta.

Paradójicamente, no viajé mucho geográficamente hablando, porque al bajar en las paradas noté que no estaba viajando en el espacio sino más bien en el tiempo.

El mundo ante mis ojos se volvió una mezcla de los mundos antiguos donde aproveché para visitar museos ya desaparecidos, ver obras perdidas en los saqueos de la historia, conocer personas que ya no habitan la tierra y, claro, visité muchas iglesias, templos, bibliotecas y vi muchas más imágenes de santos y dioses.

De regreso a Madrid tuve que inventarme el viaje a Venecia. ¿Cómo iba yo a contarle a la familia y los amigos lo que realmente había sucedido? Para mi tranquilidad mental —aunque es para matarlo—, mi agente de viajes me explicó que nunca estuve en Venecia sino en un lugar ¡mucho *mejor*!.

Un lugar experimental: un destino virtual donde se mezcla todo *casi* a la *perfección*. Sólo había ciertos malentendidos como "santo-pez" por Saint Tropez lo qué aún no habían logrado corregir. Pero me explicó que muchos viajeros no lo notaban, ocupados como estaban en consumir vacaciones a bajo coste, ir de compras y verlo todo a la carrera.

Lo complicado para mí, es que ahora no puedo contarle la verdad a nadie para no quedar en ridículo o, más aún, tratar de explicar algo que ni siquiera yo entiendo. ¡Vaya lío!

## Amor

Por primera vez en mucho tiempo, sentí que estaba gratamente acompañada. Por fin podía disfrutar de una verdadera y agradable presencia en casa. La había visto pasar de reojo y me había parecido... bonita. ¡Qué extraño! Me sentía tan cómoda en su compañía que supe que nunca querría estar sin ella. Todo a su lado era armonioso, sentía sólo paz. No había ningún sobresalto de esos que acompañaron las complicadas relaciones anteriores.

La volví a ver a través de un reflejo en el salón, cuando pasó como un rayo de sol, tal como el que se filtraba por el balcón abierto a la primavera madrileña. Sí, ciertamente debía estar enamorada para sentirme tan bien, pero me resultó extraño que ese sentimiento estuviera inundado de paz.

Entonces me pregunté qué le diría a mamá. Me daba igual, no tenía ningún deseo de ocultar esta relación ni me planteaba la posibilidad de renunciar a ella.

Pensé que debía sentirme culpable, tal vez pecaminosa. ¿Cómo iba a explicar que ahora vivía con una mujer y no con un hombre, que al fin había encontrado a mi compañera perfecta? Me sorprendió que no me importara en lo más mínimo lo que pudiera decir nadie. Más aún, me era imposible sentirme mal siendo que me encontraba tan bien.

La casa ordenada olía a limpio. Unas velas encendidas inundaban el ambiente de olor a gardenias, uno de mis aromas favoritos. La música seductora de un bossanova flotaba en el aire y el placentero olor de una comida se anunciaba desde la cocina. La luz radiante de las ventanas entraba a mi alma como ella ya había entrado... Sentí la delicadeza de su presencia al pasar por el baño que estaba exquisitamente decorado, invitando a relajarse entre mullidas toallas y alfombras por estrenar.

Su buen gusto era indiscutiblemente como el mío. Me complació advertir sus ojos reflejados en el espejo, y su cabello de un color único, sedoso, enmarcando esa mirada de la que no podía desconfiar. Aquella mirada era amplia, abierta para mí como un regalo merecido.

Pasaba sigilosa, no pedía nada; solamente daba la impresión de hacerle feliz mi felicidad. En silencio comprendí el sentimiento de solidaridad y cariño que nos uniría para siempre. Cuando fui a la cocina por un vaso de agua fresca, cruzó ligera por el vidrio reluciente de una vitrina. Todo lo había arreglado con primor.

Volví al salón y esperé a que comenzaran a llegar las llamadas. Estaba decidida a decirles la verdad: que ahora vivía con una mujer y que, por lo visto, esa era mi naturaleza, ya que me sentía perfectamente bien. Por fin había terminado la desazón que me habían producido esas otras relaciones llenas de conflictos, acusaciones e infidelidades.

Me senté al lado del teléfono e imaginé la reacción que tendrían mis familiares y amigos al enterarse. Fue entonces cuando evoqué el nombre de mi compañera para poder presentarla rindiéndole toda mi profunda admiración y respeto pero... cuando quise pronunciarlo, no lo pude recordar.

Desconcertada por semejante olvido fui a su encuentro. La busqué por todos lados... y las habitaciones me devolvieron su imagen en cada espejo, en mi propia mirada, en mi reflejo... Sólo entonces descubrí, comprendí... de que, por fin, había aprendido a amarme sin sentir culpa ni vergüenza.

## Hormigas cautivas

Los dioses que nos circundan son crueles, nos matan, nos capturan, nos apachurran con sus pies gigantes, nos intoxican con sus armas químicas. El mundo es un lugar peligroso.

Hoy, apenas hoy, me tomaron cautiva. Me encuentro sola en una caja de fósforos. Hasta hace poco la sacudieron al punto que pensé que me desarmarían. Cuando todo paró, la abrieron y me lanzaron unos terrones de azúcar.

Qué sola me sentí, no me provocaba comer nada. Los cristales dulces que me arrojaron me parecieron una burla. En mi colonia la reina parirá en cualquier momento y yo quizás nunca vuelva a verlos.

Han abierto la caja nuevamente y me observan con sus ojos enormes. Yo paseo mis antenas por los cristales de azúcar para agradar a su vista con mis movimientos, tal vez se compadezcan. Vuelven a sacudir todo, me elevan por el aire, los escucho reír alborozados. Las crías humanas me miran boquiabiertas, curiosas. Mientras lo hacen, me resoplan el aliento de sus narices y sus bocas.

De otra caja lanzan a la mía a una compañera, gran guerrera y arquitecta como yo, sólo que no es de mi territorio. Me mira arrinconándose. Al igual que yo, tiene miedo y no puede concebir lo que nos pasa. Debería alegrarme de ver a alguien de mi especie, pero no sé qué siento.

Por mucho tiempo hemos permanecido distantes, silenciosas, somos dos vigorosas guerreras. No nos daremos por vencidas hasta el final. ¿A qué tortura nos someterán estos salvajes? Yo sólo quisiera volver a mi tierra llena de verdor, a sus bosques de hojas. Allí la mortandad también es alta, pero por lo menos, no somos desterradas y morimos en lo nuestro y con los nuestros.

## Muñecas

*A Gise*

Las muñecas parecen meterse siempre donde no las llaman, al menos ese ha sido el caso en mi vida. Cuando era niña, aparecían como por arte de magia para acumularse en un rincón. Me las regalaba todo el mundo, a excepción de mi madre que sabía que no me gustaban. Tal vez fuera justamente porque ella me había acostumbrado a todo tipo de juguetes, incluyendo "los de varones".

En todo caso, hasta hoy me parece que las muñecas tienen algo de impertinentes e incluso de sórdidas. Siempre se me atraviesan en el camino en el momento menos esperado con una sonrisa inapropiada o un guiño de ojos. Además, me veo en la dudosa situación de no saber dónde ponerlas para que ocupen un lugar digno, ya que me las ha regalado alguien con la intención de agradarme.

Cuando era pequeña, las muñecas tenían un destino posible porque a mi abuela materna le encantaban. Solía ocurrir que alguna mía le gustaba más que otra de ella y me ofrecía un intercambio.

Primero trataba de convencerme de que la que me ofrecía iba a ser más *bonita* o útil para mí. Yo, por supuesto, siempre aceptaba y le rogaba que no me trajera la otra. ¡Lamentablemente la traía y era muy difícil convencerla de que se quedara con las dos o tres o cuantas quisiera!

Posteriormente, como a los ocho años les encontré un fin utilitario. Un día que jugaba a cocinar con mi prima Rebeca, lo vi muy claro: las muñecas servían para cocinarlas. Las piernas para el arroz con pollo, o fritas. La cabeza ya era otra historia, esa era buena para hacer sopa, y claro, el tronco tenía destinos similares a la pechuga de un ave de corral.

Así jugamos durante años sin que se nos ocurriera que las muñecas pudieran servir para alguna otra cosa. Las comprábamos o vendíamos en la tienda o la carnicería que montábamos sobre alguna mesa. Ya de vuelta a casa, las preparábamos frescas para luego servirlas; saboreándolas y compartiéndolas con nuestros hijos que eran dos osos de peluche: uno marrón, común y silvestre y el otro panda (me gustaba más el común y silvestre).

Aquí también me parece que nos adelantamos a los *transformers* porque después de terminar el almuerzo, mujeres modernas al fin, tomábamos nuestras carteras llenas de cosméticos y dinero fabricado en casa, y nos íbamos a pasear en nuestros flamantes autos. Eran nada más y nada menos que los osos que antes habían sido nuestros hijos. Por obra y gracia de la imaginación, estos se habían convertido en autos y sentadas sobre sus panzas nos transportaban deslizándonos por el encerado y brilloso piso, hasta nuestro destino.

Al cruzarnos por el trayecto, nos saludábamos tocando la bocina en sus narices de plástico. Y, si todo iba bien, seguíamos por allí sacando lustre hasta reunirnos en el restaurante imaginario en el que tomaríamos algo y charlaríamos.

Si se nos antojaba, trabajábamos en nuestro diccionario de una lengua inventada a la que le añadíamos alguna palabra o frase entera. Otras veces, no era tan fácil llegar porque sufríamos aparatosos accidentes en los que los autos se volcaban o chocaban, rechinaban las llantas, e incluso salíamos despedidas por los aires para luego retomar el volante sin ningún rasguño.

Que yo recuerde nunca venía a rescatarnos ningún hombre, ni siquiera cuando teníamos que defendernos de las almohadas que se habían convertido en algún personaje impertinente. Nos lo sacábamos de encima con llaves de judo, karate o kung fu. Algunas veces al llegar a nuestro lugar de encuentro, en vez de hacer el diccionario, nos dedicábamos a fabricar más dinero o a charlar con amigos entrañables, en especial, ciertos viajeros intergalácticos.

Pasaron los años, crecimos, yo viajando por todos lados y mi prima más estable en EE. UU. Finalmente, volvimos a vivir en la misma ciudad: Nueva York. En la época que rememoro, Rebeca se encontraba trabajando en la campaña del candidato a la alcaldía: Rudolph Giuliani, y yo en Wall Street, donde nunca fui responsable de las inversiones de nadie. Estaba encargada del departamento de viajes, de amansar a las fieras de traje y llevarlos y traerlos por los aires contra viento y marea.

Una tarde que nos llamamos para quedar en reunirnos en su oficina, recordamos que ya no iríamos sobre los osos ni comeríamos muñecas. Más bien, compartiríamos un momento divertido en algún bar de Manhattan, aderezado por su singular sentido del humor cruel. Sabía que me contaría historias sobre sus experiencias en las oficinas de la tan mentada campaña y que nadie se salvaría de ser caricaturizado, desde el conserje hasta los políticos.

Faltando ya pocos días para cerrarse la contienda, llegué a su oficina con el anochecer temprano del invierno neoyorquino. La sede de la campaña de quien sería el futuro alcalde estaba ubicada en uno de los rascacielos del Upper East Side en la Tercera Avenida.

Saludé a Rebeca con los besos habituales pero mudos porque se encontraba atendiendo una llamada. Me senté a esperar, pasó una mujer y me preguntó si necesitaba algo. Al decirle que era prima de Rebeca ella sonrió ampliamente y pareció reconocerme, aunque no supe de dónde.

No había nadie más a la vista. Mi prima, luego de gritarle a alguien al teléfono que le arrancaría el corazón por la garganta si no dejaba de hostigarla, anotó un mensaje. Y al colgar, roja de la ira, me miró y añadió: —*Me toca tenerle paciencia porque está achacoso y no recuerda que ya me repitió lo mismo unas 20 veces.* Paso seguido, tomó su abrigo de un armario cercano y me indicó que la siguiera.

Pensé que saldríamos por otro lado. Pero no, Rebeca me dijo que quería mostrarme algo. Tocó enérgicamente en una puerta color caoba y, sin esperar respuesta, la abrió con brusquedad. Me sorprendí mucho al ver una gran mesa directiva de la campaña en plena reunión. Pensé que había sido una barbaridad interrumpirlos por lo que, mirándolos con inocencia para aplacar los ánimos, batí las pestañas con gesto entre conciliador y coqueto. Sólo no guiñé un ojo para que no me odiaran las mujeres que conformaban el grupo que evaluaba los últimos sondeos de la campaña hasta esas horas.

A pesar de todo, pensé que mi prima se llevaría una reprimenda. Pero en aquel momento, como salido de un capítulo de Freud o de una película de Almodóvar, ella, con una risa muy divertida y moviendo las cejas subrayó: —*Esta es mi prima, Laura*—, como queriendo probar que yo existía. Entonces, intenté cambiar mi actitud algo aniñada por mi mejor saludo formal y austero, casi militar. —*Hola,* —dije a secas, mostrando la palma de la mano, pero me sonó al estilo apache de nuestra niñez.

Por fin, uno de los presentes, hombre de cabello cano y mediana edad exclamó: —*¡Vaya!* —, y yo creí que se refería a las elecciones. Quizás me consideraban de buen augurio, porque me sonreían al unísono, pero increíblemente lo que me dijo fue: —*Entonces, ¡tú eres la caníbal!*

No sé qué cara habré puesto, ya que no entendía nada, pero vi que mi prima los miraba con una sonrisa cómplice y satisfecha. Yo era la prueba de que sus historias eran ciertas. Todos me observaron, animados y curiosos como si acabaran de conocer a la integrante de una secta juguetona. —*La caníbal de muñecas* —dijeron, lanzando una carcajada que a mí no me resultó tan divertida.

He de reconocer que, de no haber sido por la perspectiva de mi prima, nunca se me habría ocurrido que mi imaginación de niña pudiera parecerle rara a nadie, mucho menos a los políticos neoyorquinos en cultivo. Puede que la historia les sonara familiar por el uso que la imaginación descarnada y el *marketing* tienen a la hora de vender o hundir a un candidato.

La cena en la que se celebró el triunfo de Giuliani en las elecciones fue en el Waldorf Astoria, con un precio por cubierto que rayaba en la locura, y a la cual me invitó Rebeca.

Ese día, el problema, a Dios gracias, no fueron las muñecas. Vimos hacer la entrada triunfal al flamante alcalde y señora; cenamos rodeadas de personalidades, periodistas y cámaras. Yo comí un salmón que parecía de plástico, acompañado por vainitas que me supieron a enlatado, pero, eso sí, nadie tocó el tema de nuestros juegos infantiles. El problema, más bien, fueron dos globos gigantes inflados con gas que eran parte del decorado y que mi prima insistió en llevarse a casa pero los organizadores de la celebración no lo permitieron, so pena de llamarnos a seguridad. Esta vez ni la rabia ni las lágrimas consiguieron que ella se llevara el juguete, así que nos fuimos muy desilusionadas.

En la actualidad me interesaría saber a qué jugaban ciertos personajes de la historia cuando niños, a ver si tiene que ver con lo que hacen hoy. También, me gustaría volver a abrir esa misma puerta de oficina que abrió y descubrir a esos mismos sujetos con unos 20 o 30 años menos para saber qué los divertía entonces. Seguramente, jugaban a matar a algún grupo étnico, como los indios, o quien fuera que llevara la etiqueta de enemigo en aquel entonces. Nosotras por lo menos nos comíamos a las muñecas sin discriminación: más bien, todas eran rubias.

## Labial

A veces me pregunto si tanto análisis no me dejará como una página en blanco. El temor de que esto ocurra ya me ha asaltado otras veces, pero entonces, cuando creo que me voy quedando vacío, se destapa otra olla de grillos con la que lidiar.

Justo hoy recordé cuando era niño y mamá terminaba de pintarse los labios frente al espejo, giraba como una diva sobre la silla de su peinadora y ¡zas! me lanzaba una mirada que veía a través de mí. O sea, no me veía, y si yo insinuaba mi presencia, ella hacía un gesto que a mí me parecía de asco, como de ganas de patearme. Entonces, una angustia indescriptible me quebraba en no sé cuántas partes.

A los niños les gusta jugar a ser invisibles, yo también he jugado a eso —aunque no era mi juego favorito—. Quizás fuera porque yo sí sabía lo que era serlo, y en mi caso, sentía que equivalía a ser imbécil. Cuanto más abandonado me sentía, más parecía excitarse en mi madre esa necesidad de sentirse mujer y libre, sin hijos que le estorbaran. El cambio era tan brusco que llegué a pensar que era un efecto propio del lápiz labial.

¿Será por eso que hoy me pinto los labios y me siento como una diva? ¿Será por eso que a veces no deseo ser hombre? ¿Será por eso que me gusta tanto seducir? ¿Será por eso que nunca he querido tener hijos y por lo que he llegado a pensar que tenerlos es quizá ¿*anormal*?

No sé, a Dios gracias no tengo las respuestas a todas mis interrogantes. Si las supiera temo que no sería más yo. De todas formas, también experimento mucha angustia y no entiendo por qué. Busco en la terapia resolver este sinsabor, esta ansiedad, ciertamente esta intranquilidad que me ha asediado siempre, pero pudiera ser peor el remedio que la enfermedad.

Tal vez hasta hoy el único antídoto que conozco es sentirme como una diva, o serlo. Quisiera ejercer el poder de mamá sobre los demás, aun cuando ese poder sólo la haya llevado al manicomio. No creo que tenga esa suerte. Según mi terapeuta, muy al contrario a mis deseos ocultos, nunca me volveré loco. Más bien, tendré que cargar con esta cruz de angustia clavada en la base de mis costillas por el resto de mi vida. ¡Vaya consuelo!

Aunque he de confesar que la única razón por la que deseaba ser loco es por pura ignorancia. Pensaba que los locos no sufren porque viven en otra realidad, resulta que esa realidad puede ser peor que la nuestra. De niño, también creía que a los locos todo el mundo los protege, los cuida, y eso sí que me hubiera gustado, que alguien me cuidara...

Ya es tarde para tonterías- Ahora vivo por inercia, con la angustia de compañera y mi lápiz labial transformándome en diva cada que salgo al show o a la vida; que al final, para mí, se van convirtiendo en lo mismo.

Mi psicólogo no entiende mis temores, quizás tampoco entienda muchas otras cosas, pero le agradezco el interés. Creo que lo más difícil es convencerlo de mi miedo a quedarme sin nada que contar. ¿O será que la necesidad de escucharme en realidad es de él?

Estas ambivalencias son algunas de las razones del por qué soy un hombre partido en tantas piezas, por dentro y por fuera. Por un lado, pienso como hombre, pero siento como mujer; estoy en un cuerpo saludable pero hecho al revés; quiero ser como mi madre, pero a la vez ser yo.

Quiero vaciarme de esta angustia, pero no llegar al punto en que comprenda tanto todo que ya no me queden misterios por descubrir o cosas por entender.

Temo que se me caiga la venda de los ojos y lo único que me quede por reconocer es que tan sólo **soy**...

# Emisario

Busqué al forastero por largos días. Le estaba siguiendo el rastro porque quería hacerle una entrevista. Gracias a la información de los lugareños pude localizarlo. Todos deben haber sospechado para qué lo buscaba. No era un secreto que él tenía la respuesta al gran misterio que todos queremos descifrar. Me movían, tanto el interés personal, como la asignación del periódico para el que trabajo.

Finalmente, encontré al pequeño personaje sentado sobre unas rocas a la orilla de un río. Lanzaba piedrecitas al agua, como contando el tiempo. Este detalle hizo que se apoderara de mí la extraña sensación de que era él quien me estaba esperando y serené el paso.

Su atuendo, talla liliputiense, constaba de camisa a cuadros estilo mantel de picnic, tirantes, corbata y chaqueta color café. Me pareció raro en medio del campo, porque desentonaba, pero siendo ajeno a aquel ambiente, quizá no fuera tan extraño. Cuando lo tuve cerca, le dije que le venía siguiendo los pasos porque deseaba entrevistarlo. No me preguntó nada, ni siquiera me saludó. Sólo se levantó y echó a andar como aburrido, mientras desarrollaba un monólogo reflexivo de tono bucólico que me hizo pensar que no me había tomado en serio.

Sin embargo, al acercarnos a unas caballerizas me invitó a entrar con un gesto y, acto seguido, señaló un altillo, donde se acumulaba heno. Subimos por una escalera apoyada y nos sentamos con las piernas colgando al vacío.

Por fin había llegado el momento de terminar con aquel suspenso que el mundo entero había seguido a través de los medios. Fueron largos meses en los que no se había hablado de otro tema que no fuera los avances del ensayo con este sujeto.

Ahora que lo tenía frente a mí, era mi oportunidad de conseguir una revelación sin precedentes. ¿Qué nos manifestaría aquel desscubrimiento? ¿Cómo cambiarían nuestras vidas a partir de hoy? Era el único ser en el mundo que hubiera pasado por el trance de la muerte inducida y sobrevivido para contar pormenores inimaginables.

La ciencia, bajo controles rigurosos, lo había preparado para el trance, induciéndolo a morir y resusitar. Contrariamente a lo pactado, una vez concluido el estudio, el "conejillo de indias" se había hecho humo. Probablemente necesitaba tiempo para procesar la experiencia o meditar sobre las consecuencias que su mensaje acarrearía para la humanidad.

Como no había revelado el resultado de la hazaña a nadie ni siquiera a los ejecutores del experimento, mucho menos a lo había hecho a los medios.

Sabía que mi pregunta sería osada y mis posibilidades de conseguir una respuesta antes que nadie, casi ridículas. A pesar de esto, mi deseo de obtener la primicia me prestaba el arrojo y la irreverente vehemencia de intentarlo. ¿Qué es la muerte? le espeté casi con violencia.

A punto de contestarme, el hombre, que hasta ese momento ni siquiera se había molestado en mirarme, prorrumpió en un estrepitoso estornudo que lo lanzó al vacío. La altura donde nos encontrábamos no era mucha, pero mi urgencia por escuchar la respuesta me tenía de los nervios. Por eso, o por un acto reflejo, manoteé desesperado, alcanzando a asirlo por la corbata y lo alcé.

Sorprendentemente, logré detener su caída y acomodarlo de nuevo a mi lado. Como si de un muñeco de ventrílocuo se tratara, su cuerpo pesado se aplastó en el lugar que hacía unos segundos ocupara. Le reproché haberme dado tamaño susto: —*Recompóngase, por favor, no estoy para más sobresaltos.* Su inmovilidad evidenció que algo andaba mal... muy mal.

Incomprensiblemente, la vida o la muerte habían tenido guardados planes inesperados para todos, planes destinados a continuar guardando con recelo su secreto. Yo acabé siendo una pieza más de este misterio, ya que en busca de respuestas acababa de ahorcar al único hombre que podía decirnos que era la muerte. Sentí que *alguien* había, premeditadamente, decidido burlarse de mí eligiéndome emisario de la suya.

## Carta

Mi Querida Tú:

Te admiro. ¡Te admiro tanto! Se me pone la piel de gallina cuando te veo venir acompañada de ese ser sanguinolento sin piel y sin rostro, y pensando sólo en los demás, en cómo saciar tu fantasía de justicia, tu hambre de harapos limpios y pan sin vergüenza.

¿Tú crees que yo no lo veo? ¡Qué va! Se te trasluce en la pena salada y roja, en la claridad de las palabras y hasta en los ojos, esa profundidad infinita de tu mirada. ¿Que no haces política? Ya lo sé. Lo tuyo es un credo y tu hábito esa fe ciega en los hombres envuelta en dignidad, pura como la leche de tu seno, fuerte como tu ánimo entero.

¿Y quién es ese hombre desollado que te sigue como un ángel de la guarda? ¿Qué belleza has encontrado en la repulsión, en su carne viva expuesta al sol?

Y es que tu amor, tu amor, lo sé, está más allá de lo que todos ven. Seguramente tú hueles en él la carne hecha espíritu, grasa tierna y sanguinolenta con la que el Señor endulzó su existencia. (Quisiera ser Tú).

¿Y qué hay de Manuelito? El buen Manuelito, siempre cargando con bolsas negras llenas de almas, dobladas, comprimidas como fetos, rescatadas de tanto inhumano trato, en tantas oscuras noches, en tantas ruidosas tardes, de tantas precarias condiciones y batallas, liberándolas de tantas vejaciones, para soltarlas libres después de recuperadas.

No olvidaré nunca el día de mi partida en que, a pesar de estar cargando con dos descomunales bolsas, me llevó a través del odio de los hombres, la crueldad de los ruidos y la indolencia del orden establecido a ver al ángel que se hace agua. No quiso que volviera sin conocerlo y se lo agradezco, me resultó enormemente inspirador, así que no lo culpes por el riesgo, yo quise correrlo.

Sé muy bien que estás metida hasta los pelos en este asunto y que no lo dejarás aunque te desollen a ti también, pero en lo posible trata de preservarte. PIENSA: ¿valdrán la pena los hombres? ¿Tanto Génesis por los que no saben ni para qué vienen al mundo? ¿Tanta pasión por los que sólo ven náusea y respiran corrupción?

Y, ¿por qué no predicar el Apocalipsis? El Apocalipsis, sí, quizá en vez del Génesis y la Pasión deberías predicar el Apocalipsis, ese libro cabalístico, misterioso y confuso como estos días...

Hasta siempre,


Yo

# Proyecto

Como tantas otras cosas en la vida, no me había resultado fácil encontrar un nuevo compañero, especialmente porque tengo una pierna ortopédica y rengueo un poco. Lo conocí en un concierto de rock en un bar del East Village, a donde fui arrastrada por un amigo mío bastante loco; y aunque el muchacho parecía un espectro, yo estaba aburrida de estar sola y creí ver en él una buena materia prima.

—*Creo que me ves como a un proyecto*—, me dijo muchas veces, mirándome con ojos brumosos (ya que se la pasaba colocado la mayor parte del tiempo). Pero permitió que comenzara la transformación de su horrible existencia cotidiana llena de idioteces maniacodepresivas, ataques de pánico y comida chatarra, en una vida civilizada.

Debe de haber sido el veneno que comió y fumó, quizá una combinación de tanta grasa hidrogenada y cannabis lo que había contaminado su cerebro y su vida, al punto de tenerlo viviendo como a un pordiosero. Moldearlo y crear un nuevo mundo para nosotros donde él y yo viviríamos felices para siempre era de sentido común.

Me fue fácil reconocer su interés innato para triunfar porque desde un comienzo supe que me quería por mi dinero. Esto me animó, ya que su ambición me pareció una garantía de éxito.

Poco después de las primeras citas, comencé a indagar sobre algún trabajo interesante, hasta que un ex colega me sugirió un posible puesto en Naciones Unidas. Esto implicó que mi pareja debía de perfeccionar su francés si deseaba postularse, razón por la cual lo inscribí en un curso intensivo de la Alianza Francesa al que no quería asistir a causa de los ataques de pánico que padecía. Entonces, me vi obligada acercarme a la escuela el primer día para propinarle un par de golpes bien intencionados con la pierna ortopédica y meterlo en el aula.

No tuve ningún remordimiento, ya que era lo que él necesitaba; además, no había opción a reembolso. Salí sudorosa, recomponiéndome y pareciendo una bruja, pero completó el curso sin chistar.

Era inteligente y su educación resultó un éxito total. Al poco tiempo de graduado, gracias a mí contacto, consigió la entrevista anhelada y fue contratado. Su trabajo consistiría en ser intérprete del inglés al francés para un diplomático de alto rango.

En ese momento todo lucía muy bien, la única nube que encapotaba mi cielo era la voz gangosa de mi psiquiatra que insistía en recordarme que yo era una mujer muy fálica. ¡No lo podía evitar! ¿Cómo podría dejar de ser quién soy para darle gusto porque le pago una cuenta carísima por estar 45 minutos en su incómodo diván? Al contrario, pensé que debía seguirle dando (al médico) algo de qué preocuparse, además de la ausencia de complejos, que —él creía— debía tener por la falta de la dichosa pierna.

Después de todo fue gracias a esa pérdida que tengo todo este dinero para conseguirme un marido. ¿Por qué no sacarle el mayor provecho posible? ¿Por qué no iba a poder disfrutar de ello? Bueno, pensé que todo iba de maravilla con mi prometido. Sentí que su nueva carrera, en esa prestigiosa organización —en la que él siempre había querido trabajar— formaba parte de nuestro camino hacia el éxito. ¿No lo habría creído cualquiera?

Sin embargo, sus peculiaridades continuaron a pesar de haberse encontrado libre de alcohol, droga, grasa y apariencia pasmosa por los últimos 9 meses. Todavía padecía de episodios maniacodepresivos y aunque la sede de su trabajo estaba en Nueva York, pronto debería acompañar al diplomático en numerosos viajes cortos a diferentes partes del mundo.

La noche de la víspera a su primer viaje entró en pánico, culpándome por ello, y me rogó que le prestara mi pierna ortopédica como amuleto. —*¿Qué demonios dices?*—, le pregunté fuera de mis casillas. —*Es que yo nunca me comprometí a viajar*, dijo casi llorando. —*¡Siempre supiste que esto formaría parte de tu trabajo!* subrayé atónita. El me miró como perdido. *¡No finjas, lo sabías! ¡Ahora vete, y aquí acaba la discusión!*

—*¡Está bien, pero permíteme que lleve la pierna para la buena suerte!*—, me imploró sollozando. —*¡Tú me metiste en esto, ahora deja que la lleve conmigo o viajas tú por mí!*—, exigió. —*¿Estás loco?*—, le dije, sin darme cuenta de que lo estaba.

La única salida que encontré fue llamar a mi psiquiatra para que viniera a mi casa por una cantidad obscena de dinero, y le recetara alguna medicina que lo calmara lo suficiente para que subiera al avión. Sin embargo, la medida no fue completamente exitosa, ya que pasó la mayor parte del viaje en una condición semisonámbula.

De más está decir que esto creó muchos inconvenientes para el diplomático, quien acabó utilizando el lenguaje corporal y las señas para transmitir sus ideas. A mi pareja, que estaba peor que borracho, le pareció que todo esto era divertidísimo. Como confesara luego, no sólo había tomado la medicina, sino también todo el alcohol que le fue posible durante el vuelo, convencido como estaba de que iban a estrellarse.

Tengo que darle algo de crédito por la manera en que salvó la situación. Le dijo a su jefe que había tomado uno de esos horribles antihistamínicos para las alergias que lo convierten a uno en un completo imbécil. El diplomático se compadeció y dijo comprenderlo porque también le había ocurrido lo mismo alguna vez.

De cualquier modo, la cosa empeoró porque él tenía que seguir viajando y yo terminé por prestarle una nueva pierna que le hice creer era la que yo siempre utilizaba, la misma que había usado para obligarlo a asistir a su primera clase de francés y entrar así a una nueva vida.

Creo que la asociación había funcionado como una garantía de seguridad, como una impronta de figura materna para él. ¿Será? Por lo menos la pierna cumplió el propósito. La llevó en su equipaje de mano. Lo imaginaba abrazándose a ella durante una turbulencia o llevándola colgada sobre uno de sus hombros mientras tomaba un whisky en primera clase.

Yo la había rociado con un perfume de feromonas para disimular el olor a nuevo, pero también porque me había dado cuenta de que el único uso que tienen esos perfumes es el de convertir a los hombres en unos brutos y pensé que podría ayudarlo a ser más valiente. Así, con la pierna y bajando la dosis de la medicina, mi novio pudo volar sin ningún problema (no grave por lo menos).

Como me había dado el anillo de compromiso hacía unos meses, empecé a planificar todos los detalles de la boda. Él mismo me había pedido que lo hiciera y lo sorprendiera cuando todo estuviera listo. Entonces, comencé a hacer todas esas cosas que nosotras las mujeres disfrutamos mucho generalmente, como juntarnos para ir de compras, charlar y planear eventos. Mi madre, mi hermana, mis primas, mis amigas —todas las mujeres en mi vida— trataron de darme su observación, su opinión, su consejo acerca de fotógrafos, el bizcocho nupcial, la limusina, la iglesia, el salón, y por supuesto el vestido de novia. Además, empujaron mi silla de ruedas para que fuera a todos los lugares sin agotar mi única pierna.

Al regreso de uno de sus viajes esperé a mi prometido con un vestido rojo-fuego y un tacón de estilete que me mataba el pie. Había creado una atmósfera romántica con velas y flores, y ordenado una comida maravillosa acompañada de su vino blanco favorito. Todo estaba listo para darle la gran noticia del casamiento.

Cuando le abrí la puerta, parpadeó más que de costumbre, dio un vistazo divertido y me levantó por los aires, declarando: —*¡Soy tan feliz, mi amor! ¡Soy tan feliz! ¿Cómo supiste de mi ascenso?* —Yo no sabía nada de su ascenso—. ¿De qué hablaba? —*Dame la pierna*—, le contesté extendiéndole la mano, para que no notara que tenía la nueva puesta. La sacó de su maleta y yo fingí ponérmela, pero la oculté detrás del sofá. Siguió asumiendo que celebrábamos su promoción y no tuve corazón para desmentirlo.

Durante la comida, como seguía hablándome entusiasmado sobre su trabajo hasta el punto de no advertir mi presencia o mi vestido, ni siquiera el alimento delicioso que devoraba como con una pala, decidí preguntar: —*¿Qué es lo que más te gusta acerca de tu promoción?* —¡Ah, Ah!, ¡¡Oooh!!—, gorgojeó. Por un momento pensé que estaba perdiendo el juicio por completo o quizás ahogándose con la comida. —*Lo mejor acerca de mi nueva posición es que me mudaré a Inglaterra.* —¿A Inglaterra?—, pregunté en voz alta, incapaz de ocultar mi sorpresa. —*¡Sí! ¿Puedes imaginarme pasando por Westmister Abbey todos los días camino a mi oficina?*— Quedé boquiabierta y anonadada. ¿Qué espera este idiota que yo haga? ¿Que renuncie a mi trabajo, deje mi familia, mis amigos, mis tiendas, mi psiquiatra y todos los extras para ir a vivir a esa ciudad gris y lánguida que es

Londres por los próximos cuatro años?, estadía propia de ese trabajo, pensé.

Así que, finalmente dije: —¿*No se te ocurrió pedir mi opinión?*

—*Bueno, creí que no sería fácil para ti, pero tan pronto como llegué y vi la celebración entendí que no debíamos discutirlo*—. Él ya comenzaba a falsificar un acento inglés. —*Pardon me*—, añadió: —*Me voy a dar una orinadita*—, y entonces se fue según dijo: al *water closet*, tropezando sobre sus pasos felices.

Cuando regresó, se metió la servilleta en el cuello del sweater, como cuando un niño se prepara para el postre. —*¡Esta es mi parte predilecta!*—, dijo, como si yo no lo supiera. Por el contrario, yo la odio, pensé, a causa de esa conducta aniñada que tantas veces había tratado de corregirle. —¿*Dónde estábamos?*— dije parpadeando, impaciente, mientras colocaba un *cheesecake* de frutillas sobre la mesa. —*Ah, sí, tú estabas a punto de decirme que no habías pensado en lo que diría yo cuando te ofrecieron este nuevo cargo*—. Me miró con el primer bocado del postre y el tenedor todavía en la boca.

—*Por supuesto*—, dijo por último, aclarando la voz: —*Yo sé cuán duro has trabajado para conseguir ponerme en donde estoy ahora. Sé cuánto te debo, no sólo económicamente, sino más aún, por tu apoyo moral y psicológico, aparte de que seguramente he sido el proyecto*

*más importante y exitoso de tu vida. ¡Te adoro, baby! Yo*
*nunca podré agradecerte lo suficiente.*

Casi solté una lágrima en reconocimiento,
pero logré mantener el nudo en la garganta bajo
control y tomé su mano por sobre la mesa. Estaba
enamorada de su honradez, por eso aguantaba hasta
su conducta infantil, lo veía como algo auténtico. En
este mundo loco no muchas mujeres pueden decir
que tienen a una persona honesta, sincera, leal en
sus vidas. Suavemente le soplé un beso. Se
ruborizó. ¡Es tan bello!, pensé

Entonces, tomando mis manos entre las
suyas tibias me anunció: —*Salgo mañana, baby.*
—*¿Tan pronto?*— pregunté. —*¿Pero si todavía no*
*hemos discutido ni la boda? ¡Yo no estoy segura de querer*
*vivir en Londres!* —*¡Ah, querida no importa! Seguirás*
*siendo muy feliz con tu vida en Nueva York, ¡siempre lo*
*has sido!*—, dijo con una voz en falsete que solía
utilizar para conmover. Sentí que algo indescriptible
me reptaba desde el estómago hasta la garganta.
—*¿Qué dices?*— Parecía que se me derretía la pierna.
—*Bueno, baby*—, dijo, ¡colocando su asqueroso
tenedor de mierda en mi hermoso mantel!
—*Obviamente voy solo*—, agregó, mirándome con una
expresión incrédula de por qué yo todavía no
comprendía lo que pasaba.

Sentí como si una pantera me corriera dentro
de la cabeza. —*Yo no soy casado*—, añadió, (como si

yo no lo supiera), —*No me ofrecieron llevar a nadie conmigo.*

—*Entonces, ¿qué quieres decir?*— pregunté otra vez. —*¡Bien, eres joven, (no tan joven, pero pareces más joven de lo que eres)*—, agregó, como si fuera mi peluquero tratando de levantarme el ánimo! —*Tienes una vida cómoda en esta ciudad y muchos buenos amigos. Serás tan feliz como siempre y me mantendré en contacto. Lo prometo*— dijo. Y para subrayar su sinceridad levantó la mano derecha como en un juramento solemne.

No tuve tiempo de controlar a la pantera dentro de mi cabeza. Su fuerza violenta me hizo asir la pierna y por sobre la hermosa bandeja de postre, que heredé de mi abuela como testigo, le golpeé el cráneo con la fuerza de un animal. Me miró como un niño asombrado mientras caía, silla y todo, al piso, aterrizando encima de la alfombra blanca que se tiñó de rojo, ¡quizá para siempre! La pierna nunca será igual ya que la partí por la mitad, así como se había partido nuestra relación.

Con el mismo movimiento atlético de un felino agarré el teléfono y llamé al 911. Vinieron por el infame que lloraba por la pierna rota, y mientras lo sacaban del departamento berreando, salté en un pie hasta el balcón que da a la calle. Entonces, lloré por primera vez por la pierna, la ortopédica. Lloré toda la noche de incredulidad. ¿Cómo podía haberse roto?

Ya sin lágrimas, después del cansancio, resentí la estúpida presencia de mi expareja en mi vida, el tiempo que había invertido tratando de civilizarlo, las horas malgastadas procurando enderezar sus pensamientos, calmar sus temores y exorcizar su mal gusto. ¡Los planes que había hecho sin razón para compartir mi preciosa vida con un idiota! ¿Qué demonios me había pasado? ¿Por qué no había visto venir el problema?

Él nunca me denunció, no se atrevería. Ahora, desde su nueva residencia en Londres, todavía se pone en contacto conmigo. ¿Para qué? ¿Para cumplir con su promesa de mantenerme al tanto? ¡No! ¡Para pedirme la pierna rota, su cobija de seguridad! Me la ha exigido entrega especial, así le llega más pronto. —¿Qué quieres que te dé a cambio?— lloró la última vez por teléfono en medio de un ataque de pánico. —¡Está rota de cualquier manera! ¡No tiene uso para ti!— Por supuesto, que eso me hizo dar cuenta de su uso... Apasionadamente le dije: —¡No, no te la daré! ¡Para que te pudras en el infierno! ¡En tu propio infierno privado—. ¡¡¡El que no quiso compartir conmigo!!!

Ahora, busco al Sr. Perfecto, ya entrenado, un caballero, un bastardo adinerado, un idiota inteligente, no un gallina a quien yo tenga que prestarle mi personalidad fálica, menos aún mi nueva pierna, mis nuevas tetas, mis nuevos labios ni mis nuevos ojos azules.

Por estos días sólo encuentro algún consuelo en el hecho de que mi psiquiatra, acabó por convencerse de que mi problema no yace en la pierna, y escribe una baratija de *bestseller*, o una gran teoría psicológica, basada en mí y en mi historia.

## Maternidad

Despertó en medio de la noche. Las cortinas pesadas no dejaban entrar ninguna luz, así que tan sólo escuchó el aleteo en la oscuridad, el sonido del aire cortado por la velocidad de las alas. Se le paralizó el cuerpo entre las sábanas, que le parecieron de yeso. Su corazón, descentrado entre el espanto y el amor maternal, le urgía a socorrer al crío y también a huir. Le costaba respirar ante el terror por lo que sospechaba vería al encender la luz.

Pudo más el instinto materno. Apenas su mano blanca, como de fantasma, encendió la lampara, vio a ese *algo* que había estado revoloteando y chirriando, prenderse de una de las pesadas cortinas, boca abajo, por supuesto. Lo miró de soslayo, asqueada, asustada, aprensiva. Está hecho de rosas y cenizas, dijo para sus adentros. *Ya vuela bien,* y sintió un nuevo miedo. *Algún día huirá por el balcón y quizá nunca vuelva.* No supo si lo viviría como una liberación o como una inconsolable pérdida.

Lánguida, lívida, se le acercó temblorosa, con las manos dubitativas sobre el pecho, a semejanza de un personaje manierista de Pontormo.

Ante lo irremediable, su rostro pálido contuvo un suspiro amarrado en su boca púrpura. Sus ojos eran los negros carbones que habían quemado tanto al descubrir la verdad.

Ahora, le acercaba la mano larga como una paloma y lo tomaba de la cabeza primero. *Diríase que es una flor*, pensó, "pero una flor mala", remató alguien más dentro de ella. Se horrorizó de escucharle. Arrugó la boca color aceituna, al tiempo que lo desprendía de la cortina a rayas en el palacio medieval que parecía la habitación, y lo depositaba en la cuna.

Lo vio dormir como a un niño más. *¡Es apenas un bebé!* "Y ya te resulta tan repugnante", añadió la voz de la cabeza. Sollozó lo más quedo que pudo para que el niño no escuchara su quejido, su miedo, su repulsión. Le acarició la frente, las sienes... *Por lo menos no tiene cuernos*, pensó en voz baja y no supo si reír o llorar ante tal ocurrencia.

Volvió a sentir el nudo en la garganta, la náusea al querer acariciarle la espalda y rozar con sus dedos, preparados para el piano, esas membranas grises que le habían permitido deslizarse por la oscuridad del cuarto. En esa habitación tan primorosamente decorada, lo había esperado por nueve meses, como al mejor regalo de su vida.

Gimió ahogada por el desconcierto, por tanto dolor, se sentó al lado de la cuna. Dejó colgar el antebrazo, le rozó una oreja y se la acarició. El crío permanecía con los ojos cerrados desde que ella encendiera la luz y ahora se chupaba un pulgar. La madre sintió vergüenza de sus sentimientos y vergüenza de avergonzarse de él.

Mientras lo observaba, reparó en sus encías rosadas y desnudas, en el calor de su boca, en su saliva, lo escuchó succionar... De pronto, se cubrió la suya para forzar su mudez. Hasta ese momento... no había pensado en la amenaza que supondría la dentición.

## Subasta

Su voz como de badajo, retumba sonoramente en la cúpula del salón. —*¿Quién ofrece más? ¿Quién da más?*— repite el hombre acompañado de ademanes nerviosos e insignificantes. Es incomprensible que una voz tan poderosa y martilleante provenga de un ser tan pequeño.

El pintor, un hombre de ancha caja torácica, se hincha como un sapo cada vez que alguien ofrece más.

Sin saber cómo, algo color gris obstruye mi visión, pasa, se mece, vuelve y opaca con sus movimientos la vista preferencial que tenemos los del *mezzanine*. Si continúa así no podré ver el próximo cuadro que remata este mismo artista, aunque me temo que todos se parecen.

Cuando por fin liquidan la primera pintura, mi vista ha capturado la imagen obstructiva es... una mujer... Una mujer, a ver, ¿qué tiene...? ¿Qué es...? su cabeza está rapada y un hilo de sangre le brota por uno de los temporales. El color rojo oscuro derramado por la cara le ha dibujado un arácnido que parece atrapar entre sus largas patas los hermosos contornos de su rostro, quebrando sus facciones y dando un curioso, podría decirse, pictórico marco a su actitud de animal perdido.

Ahora entiendo por qué se mueve de un lado a otro. En realidad, se tambalea dentro de un abrigo gris e inmenso. Todos se han percatado de ella. Los del primer piso miran hacia arriba, no sólo para congelarse en la luz sólida, blanca y melancólica del otoño neoyorquino, que entra por la cúpula, sino para emocionarse morbosamente con este espectáculo de sangre y suspenso que repudian desde sus costumbres austeras.

El cuerpo está a punto de precipitarse al otro lado de la baranda. El borde del balcón es tan bajo que hasta un niño podría superarlo y caer estrepitosa y mortalmente sobre los asientos de la sala inferior.

El vaivén del cuerpo me permite ver al pintor sonriente mostrando una nueva tela. La mujer vuelve a tambalearse y descubro lo que parece ser una mirada de complicidad entre el artista y el vendedor de la casa.

Casi de inmediato, un movimiento mío de curiosidad incrédula me permite observar al pintor y su obra, la que ostenta —como las anteriores— una figura inmensa a punto de rebasar las orillas del lienzo. Esta vez se trata de una mujer gorda, gigante y sonrosada quien sostiene sobre las piernas una sandía rojamente perversa.

Comprendo que el pintor ríe en complicidad con la escena, que anhela con locura que la mujer-gris caiga desde el balcón y acabe con su triste vida en un lugar tan, probablemente, inusual a su paisaje cotidiano.

Los murmullos del público han ido acallándose. Casi todos están de pie en la platea. Cómplicemente han hecho un espacio en el que el cuerpo escuálido pueda caer. Los espectadores comparten un silencio cargado de una extraña emoción: la del deseo romano de la sangre, la del espectáculo impagable de la muerte.

Me estrangula el miedo a la perversidad, quisiera ayudarla, yo también seré cómplice si no hago nada, yo también la habré muerto si se cae.

Todos la invitan al vacío con la mirada, y conservan el silencio propicio para su acto final y único. De pronto, una risotada del hombre insignificante es compartida con el artista quien ajusta su cuadro como a un melón en busca de jugo, y la mujer color frío hace que me despierte espantada.

# Reencuentro

Subo las escaleras color gris, jadeo en mi apuro por llegar al segundo y tercer piso. Algo mareador me ensordece. El anticipo al encuentro me ablanda las piernas. Sé que el aula estará abarrotada, temo que no me reconozcas o que no me veas entre tanto tumulto. Pero apenas me paro en el umbral del salón de clase y te miro inundada de lágrimas, tus brazos se abren a la altura exacta de mi cuerpo: corro hacia ti, te abrazo y me dejo abrazar.

¡Siento una emoción enorme que no cabe en mí! Sólo tu Presencia me sostiene para no caer desplomada. Te abrazo, pero siento que no tengo derecho, que soy indigna y que, además, no he esperado nada a que me atiendas. ¡Hay tanta gente antes que yo! Pero tus brazos me permiten saber que no importa, que siempre me estás esperando, que Tú también me extrañas y que, además, no me estoy adelantando a nadie porque Tú, en este mismo momento, estás estrechando a muchos otros como a mí...

Es imposible explicar mi sentimiento entre tus brazos. La plenitud grandiosa de tu amor me hace llorar aún más, no puedo contenerme. Unos mechones de tus cabellos caen por el costado de mi cara y tu rostro tan cercano al mío me deja notar algo insólito que me moja la mejilla. Es una lágrima tuya, ¡UNA LÁGRIMA TUYA! mezclada con las mías, yo no soy digna... (pero, ¿quién soy yo para decirle esto al hijo de Dios?).

Levanto la mirada sorprendida. Muy cerca de ti, te susurro: —¿*Por qué?*— Sé que es tu solidaridad con mi condición humana, me doy cuenta de que sentimos lo mismo al unísono, que siempre has estado más cerca de mí que yo misma, porque has estado en mí cuando yo no podía estar... Tu esencia está enlazada con mis fibras más sutiles, desde los pequeños estambres de mi creación hasta los tramados de mi alma y mi cuerpo.

Este reencuentro es para recordarme nuestro enorme amor lleno de mutua nostalgia, para reafirmarme esta alianza de infinita unión, la esencia divina que nos hace parte de ti y que tan fácilmente olvidamos. Sé que tenemos que alejarnos físicamente, ¡y no quiero! pero, tu ojo derecho me mira fijamente y me habla. Es azul, enorme y precioso. Reconozco la sensación de ser observada por ti. Hay una seguridad tan enorme en tu mirada que me calmo y tomo conciencia de que siempre me miras, que siempre me mirarás, como lo haces con todos...

Me avergüenza haberme sentido sola algunas

veces y me duele alejarme, pero Tú me dices con la certeza de siempre: —*Hasta muy pronto*—. Y sé que es hasta muy pronto, porque creo en ti y porque para tu amor infinito, en tiempo y sustancia, la duración de nuestra vida es sólo un soplo, un soplo entre los reencuentros...

## Amigo

Tu olor elegante se ha quedado en mis manos, igual que nuestras risas y nuestras travesuras de niños por la noche. Mis exquiseces de poeta te han parecido extravagantes, y creo que atractivas, a pesar de resultar casi un diagnóstico de locura la imposibilidad de ser tanto como soy y resistirlo.

En fin, hemos reído de mi atracción por la historia de Rasputín y el Año Nuevo ruso. Celebración que a mí me fascinará siempre, por su aire de sirena embotellada, gracias a un recuerdo que me martiriza y me cautiva. Mientras, para ellos es tan sólo un Año Nuevo más, uno como los que quizás mis ancestros celebraron con su propio samovar.

Tú bromeas con que mis experiencias pueden acabar cortándonos la cabeza. ¿Será una metáfora para describir mi excentricidad? Los senos de metal acariciados en la noche en que está prohibido tocarse, han dejado una temblorosa sensación en el aire desnudo de la lluvia.

Al despedirte, me has pedido que escriba y como escriba me toca pensar en los días cómplices que vivimos escapando del alcance de las balas que en otros pueblos se disparan con nuestra plata.

A pesar de todo, me he sentido sólida en mi espacio de medusa con ideas que corren hacia todos lados y ganas de cosas que ya no quiero.

Sólo espero seguir viendo este planeta desde mis ojos infantiles que no soportan la agresividad del mundo. Gracias a amigos como tú, por momentos, cierro los ojos a los laberintos de esta vida, y los abro para compartir la belleza que habita dentro de nosotros.

Una vez más, lamento que mi cariño de amiga quizá no alcance para satisfacer tus expectativas y me vea obligada a renunciar a nuestra querida amistad.

Nada basta para la mayor parte de los hombres. Por ese motivo, podría acabar al lado de uno que parece haber renunciado a las peculiaridades de su género, para adquirir otras...

P.D. Me alegra mucho haberme equivocado y contar aún con tu respetuoso y sincero afecto.

# El viejo y el gnomo

—Y *bien, aquí estamos, duende de la sombra, aquí sentados en un extraño cráter de la luna. Hablemos, hablemos de la Humanidad. Aquí solos en el espacio, ¿no parece el mundo un extraño juguete de verdad?*

—*Hablemos, hablemos de la necedad. De esa incurable manía humana, esa de los que se creen genios, esa de mi vanidad.*

—*Habla conmigo, duende mudo. Pues, aunque gritares al mundo toda su fea y bella realidad, se apagará tu voz en el tumulto del increíble encierro del que no quiere escuchar. Por eso, habla ahora que tienes oportunidad, ahora que mi cerebro se presta a tu soberbia silenciosa, a tu risa sarcástica, como si estuvieses lejos de mí en la sombra de tu luna apagada.*

—¡*Vamos, habla, duende de la oscuridad!*

—¿*Qué pasará ahora en la tierra?*

—¡*Ah, la tierra con su "familiaridad"! ¡La tierra con sus cavernas, la tierra de semillas estériles, la tierra sedienta, la tierra en brasas gracias a la contaminación, la tierra de los injustos, la del Edén saqueado que se disputan aquellos pueblos que dicen ser hermanos, amigos de la paz!*

—¿Veis? Allá todo me es familiar. Y si acepté venir aquí a hablar con vos, miniatura rara, es para mostraros algo del mundo de donde vengo yo, para que no os moféis de lo que es la vida en la tierra. ¿Sabéis vos acaso qué es la dulzura de tener un hijo, qué es perder un ser querido?

—¿Sabéis vos acaso qué es ser vanidoso y obstinado, ciego y obsesivo? ¿Sabéis qué es ser despreciado, arrasado o extinguido?

—¡Sí, ya sé que tú no hablas y yo no puedo más con mi nudo en la garganta! Por lo menos aquí en esta parte del universo donde sólo tu ser monstruoso me puede escuchar te puedo gritar que ¡Sí! que todos somos así como una estampida sin control de lo que pisa, aunque lo que pise sea a su propia cría.

Vuelvo a mi razón y me doy cuenta del silencio profundo del espacio. La luna va girando y te voy a poder ver la cara cuando el destello plateado de la estrella alumbre tu rostro anonadado. ¿Cómo me lo imagino? Seguramente bufonesco, con la misma risita burlona de siempre.

Ya falta poco para vernos cara a cara. Ahora espero con paciencia y me doy tiempo para escuchar al vacío. —¡Qué paz absoluta y natural la del espacio sideral!

Ahora sí podré verte cara a cara, a ti que no tienes corazón y no sabes del dolor. Vuelvo el rostro, y me encuentro... con un pequeño hombrecillo de orejas puntiagudas y cabellos negros, de nariz respingona y tez demacrada. No hay más esa risilla bufonesca, no hay más esos cachetes colorados.

Me asombro y me asusto. Después, reacciono con toda mi humanidad y me doy cuenta, con lágrimas intranquilas, que el duendecillo se ha dormido como se duermen los hombres, pero éste se ha dormido sollozando quedo, sin molestar, sin querer hacerme llorar.

—*¿Acaso no habrá muerto de ver tanta necedad?*

—*¿Y ahora qué...? Veo con todo el dolor de mi corazón, que el duendecillo era otro hombre perdido y encontrado. ¡Otro hombre! que ahora espero esté a salvo. Ahora, ahora tengo pena por su última lágrima salada. ¿Quizás dulce?*

Me levanto silencioso y me voy con mi soberbia. Me vuelvo a mirarlo y lo veo en su plena media luz. Me quito la vanidad y la arrogancia, como una prenda las arrojo lejos. Cual meteorito perdido en el espacio se desintegrará, aquel candente parloteo de mi negatividad. Recién hoy que estoy viejo me lo pude quitar.

—*Ya, ya me voy, ya me voy...*

—*¿Serían dulces sus lágrimas? Quizás dulces, quizás dulces... ¡Quizás...!*

# Escenas

*Situaciones a las que tengo que enfrentarme por trabajar para los medios de comunicación de estos tiempos.*

Era el día de la primera entrevista, del primer programa. Invitaron a la oronda grosera para provocar a los candidatos a entrevistadores y porque está de moda lo atrevido. En la primera toma —que era una prueba— la mujer decidió bajarse el escote e invitar al presentador a probar sus carnosos y deformes senos. A pesar de la conocida inclinación depravada del animador, éste volteó el rostro, no se sabe si por repugnancia, susto o porque, por primera vez en su vida, tuvo el sentido común de que esto en televisión no iba.

Ella rió libertinamente y sólo esperó que pasara el siguiente entrevistador para que continuaran el casting y seguir poniendo a todos en aprietos con su insultante desfachatez.

La próxima escena de telenovela tiene lugar en una cocina, donde un hombre joven no se cansa de hostigar con reclamos a su mujer. Ésta, envuelta en una atmósfera asfixiante intenta, como una máquina, atender a las demandas de sus niños, sentados alrededor de la mesa, mientras soporta la crueldad de su marido.

El hombre, pobre en el sentido económico y moral, no quiere que su mujer celebre su cumpleaños ni siquiera con una hamburguesa que hay sobre la encimera. Ella, *sólo puede mirarla*, mientras atiende a sus hijos que lloran de hambre. Desesperada, calma a los chicos dándoles a beber la leche de una perra que tienen de mascota, robándole así el alimento a los cachorros.

—*¡Me parece que este libreto no va!* Es un abuso *hacia el pobre animal*—, grito indignado, pero mi socio apunta que no ve nada de malo, —Es como ordeñar *cualquier otro animal y además subirá el "rating"*— dice. Me quedo en ascuas.

En la tercera escena, un hombre famoso anda de visita ecológica, cuando en realidad sabemos que no le importa en absoluto la conservación del planeta. Mientras el sujeto cruza un puente rudimentario hecho de madera y cuerdas, se desata intempestivamente un tornado.

El personaje es zangoloteado y las tablas del puente saltan por los aires. El hombre, que es joven, fuerte y barbudo se agarra ferozmente de las sogas. Obviamente, necesita ayuda y, como es hijo de un mandatario, envían un globo aerostático en su rescate, que lo eleva por los aires sin rumbo.

Entonces, nadie más parece preocuparse de su suerte. Más bien, entendemos que la naturaleza ha servido a su pueblo de medio para vengar en él todo el odio que guardan a su padre, quien ha dominado la región, sentado en su trono de locura, desde que los televidentes tienen memoria.

El placer no les dura mucho ya que caerá una gigantesca res roja-rosada desde el cielo oscuro y se sumergirá en el agua con todo su peso de ballena y mensaje apocalíptico. El joven —que habrá vuelto dentro de ella como un Job moderno—, se salvará gracias a la intervención de otro personaje con túnica y turbante color verde-agua que parece venir por encargo de Krishna.

Pregunto: —*¿Qué es esto último? ¿Un reality-extreme-show incoherente o qué?* —*No, son las noticias de las 6:oo*—, me responden de control, —*pero olvídalo, sobre éstas no queremos tu opinión. Fue un error mostrártelas.*

Finalmente, a un hombre que está en una cama, con el torso desnudo, encerrado en una casa al lado de su novia en camison, le avisan de una presentación a la que deberá asistir con ella. Él, hastiado de que lo abrumen, dice que no le provoca ir.

Entonces, una voz omnipresente le recuerda que tiene un contrato firmado y debe aceptar lo que se le exija so pena de echarlo a la calle ahora mismo si no cumple. La mujer, que ya debe haberse animalizado como todos los demás, ante la presión, la alienación y la humillación a los que son sometidos diariamente para lograr la boda de sus sueños, comienza a morder al novio en el torso, como si estuviera comiéndose por adelantado el dichoso pastel de bodas.

La madre y la tía abuela de ella, que han sido obligadas a convivir con ambos durante todo el show, no reaccionan, ni siquiera parpadean o se inmutan ante semejante comportamiento. Tampoco se preocupan cuando empieza a brotar sangre de los mordiscos, y hay que llamar una ambulancia.

Supongo que las cosas que ven y viven en la televisión de estos días ya las han vuelto insensibles a todo.

En la vida ¿real? Al salir del canal me reúno con unas compañeras de trabajo en lo que queda de la estación subterránea del World Trade Center. Dos retratos de las nietas gemelas de una de mis colegas han sido pegados en una pared de la estación. Están a la vista de todos, como una manera de celebrar la vida y mostrarle al mundo que las hijas de su hijo, dos habitantes más de la tierra, se han atrevido a nacer.

Sospecho que esto es como un contrapunto a las fotos que hace algunos años se colocaron para buscar a los desaparecidos del 11 de septiembre. A estas alturas, ya no tengo una forma fácil de dilucidar qué es realidad y qué realidad virtual. Me dejo llevar por las imágenes e intento... ¡abrir los ojos! cosa que, en estos tiempos, ya no sé si sirve de algo.

## Ecuación

No recuerdo los pormenores de cómo vine a parar a este centro de rehabilitación para accidentados automovilísticos. Debo de haber estado ebria yo también, como muchos de los que terminan aquí.

Me han atendido con soltura y familiaridad, supongo que porque soy una persona conocida. Ni siquiera se ha mencionado la razón de mi presencia. He simulado estar plenamente consciente y recordar todo muy bien. Obviamente, me da vergüenza preguntar cómo es que llegué aquí. De todas formas, como ya he cubierto noticias sobre este centro, sé perfectamente dónde me estoy.

El paisaje es fabuloso en esta zona, ubicada en la ruta a Cuernavaca, aunque ya entra el otoño y la temperatura ha comenzado a enfriarse. Es un lugar muy apacible, a pesar de estar tan cerca del Distrito Federal.

La Dra. Camino, que me ha hecho compañía durante tres días, me ha traído a una casa de campo, parte del centro de rehabilitación. Según ella, lo ha hecho con la intención de presentarme a un paciente que ha desarrollado un juego interesantísimo de gran nivel intelectual.

Movida por su entusiasmo —y por la candidez con que me lo ha contado— he decidido acompañarla, ya que quiero devolverle la gentileza de haberme cuidado y entretenido durante mi estadía.

La casona se parece a esas que se alquilan en los Poconos, por ejemplo, para relajarse de ciudades como Nueva York. Pero también me recuerda a un hermoso centro de rehabilitación para alcohólicos en Lima, donde alguna vez visité a un paciente interno.

Dentro, nos hemos encontrado con varios hombres sentados en una sala acogedora y alrededor de una chimenea. Parecen entretenerse conversando, jugando a las cartas o a algún otro pasatiempo de mesa.

La doctora ha sido recibida cordialmente. Imagino que les da terapia de grupo, como aquellas para alcohólicos anónimos, o incluso una para los llamados *sobrevivientes*, hijos de adictos que ahora intentan recuperar lo irrecuperable. Parecen encontrarse a gusto cobijados del frío de afuera, sin embargo, la atmósfera me contagia una sensación opresiva.

Conducida por la doctora, llego a un extremo del salón. Al lado de una inmensa pecera hay una pizarra verde. Allí me presenta a un hombre alto, fornido y de raza negra, el supuesto genio que ha inventado un juego de complicadas ecuaciones matemáticas, quizá acompañadas de fórmulas geométricas, para tratar de alcanzar la solución a un acertijo, o algo así.

A fin de que yo pueda darme una mejor idea del juego, la doctora me facilita un espacio sobre la pecera para escribir y un marcador blanco junto al *genio*, quien comienza a dar las primeras pautas para la ecuación.

Lo veo dibujar en la pizarra algo así como una raíz cuadrada, y luego con gran velocidad y gracia, desarrollar una fórmula. Parece un mago, un *showman*. Creo que me será muy difícil seguir su fórmula debido a mis limitaciones matemáticas. Pero, como son tan seductores sus movimientos, empiezo por copiar sobre el cristal los mismos símbolos y números, como: 23 dividido a la mitad, que me hace pensar en 2 veces 10 y luego 1 y medio y 1 y medio.

Me doy cuenta de que la cantidad coincide con el número de los pares de cromosomas en el ser humano. Por un extraño gesto facial de la doctora creo descubrir que a ella se le complica hacer las operaciones en su cuaderno.

Como a mí esto me está resultando fácil —a pesar de mi estilo de dividir— sospecho que lo que anota la doctora quizás no es la ecuación, sino su observación de nuestro comportamiento. Eso me hace sentir incómoda.

Mientras reproduzco la fórmula extraña, noto que por debajo del cristal —donde continúo escribiendo— pasa flotando algo demasiado grande y demasiado desteñido para ser un pez. Me llama la atención y me distrae; no comprendo bien qué puede ser, pero no quiero perder la concentración.

Quizás es algo que han echado por error en este hermoso tanque. No quiero distraerme, pero como las imágenes parecen repetirse, me alejo un poco para distinguir qué son. Enfoco la vista y, algo como un puño en la nariz me hace contraer el rostro.

Un golpe que no he recibido me arranca lágrimas y la náusea me descompone. Para mi total desconcierto estoy viendo pasar tras el cristal cadáveres de bebés preservados en una sustancia líquida. Los cuerpos flotan mostrando indicios de torturas. Al parecer fueron sometidos a ellas antes de morir. Asumo que han sido preservados para que se pueda hacer con ellos una autopsia perpetua.

He volteado el cuerpo torcida sobre mí misma como un torniquete. No me salen las palabras y siento que no puedo razonar lo que ocurre. No quiero mirar a los niños, pero la doctora insinúa que los vea como a algo natural. ¿¡Tal vez como parte de la decoración, quizás quiera hasta pedirme que haga un artículo al respecto o está tratando de analizar mi reacción!? Siento que no puedo tenerme en pie. Uno de los bebés parece estar riendo la última risa forzada que al parecer su madre o padre le impuso por medio de unos alambres que le sostienen el labio superior.

No puedo ver más, no quiero saber más, pero la doctora insiste en un tono casual y cada vez más festivo que debo de seguir el juego, que es sólo eso, *un juego*; un pasatiempo de adivinación, de acertijos, de astucia. La ecuación es para saber si los padres de esos bebés son los responsables de sus muertes o no; pero al final de cuentas las conclusiones no servirán de nada porque sólo se trata de *un juego*, el cual nunca probará quiénes fueron los verdaderos culpables. Nadie castigará a nadie.

Me siento cómplice, quizás loca, tal vez me trajeron aquí porque estoy loca, quizás sea para enfrentarme a mi locura. Tengo deseos de matar a la doctora por restarle importancia a los crímenes de los que nunca pudieron defenderse y, a quienes, además, ella usa para entretenerse. Quiero escupirla, pero no merece mi saliva.

Siento tal desprecio por ella que no hay forma de expresar esta repulsión, esta rabia. Ella no me da miedo, me da miedo lo que siento, mi deseo de matar y esta profunda tristeza por el hombre *showman* que sólo sabe dibujar acertijos, mudo y sin vida.

Algo o todo en él se murió para siempre con esos niños. Es un ser deshabitado de sí mismo, tan sólo una apariencia, tanto hombre muerto en vida multiplica ópticamente su dolor de no ser... su pérdida... ¡y mi espanto!

## Solución

Se ha vuelto casi un juego esperar por este hombre. La gente que está aquí desde esta mañana hace chistes, se acurruca, cuenta anécdotas. Los niños juegan a ratos, otras veces gritan y lloran. Ahora entiendo por qué los muebles, aunque no tan viejos, lucen gastados y raídos. Es de tanto cuerpo sudado a la espera del hombre, abogado, médico, brujo, esteticista, propietario y comerciante, consagrado a los hombres, por obra y gracia del bolsillo.

Y, sin embargo, hasta yo espero acompañada de un amigo que se aburre mucho. De pronto, lo anuncian desde una cuadra abajo. Todos se apiñan en la sala tratando de adelantarse a algún ¿paciente, cliente, curioso? en todo caso a alguien esperanzado. Luego resulta que es una falsa alarma y cada uno vuelve a la monótona espera.

Uno de los presentes muestra un reloj Cartier y ante el estupor de todos dice que sólo pagó $12 dólares por él en *Chinatown*. De golpe y sin preámbulos aparece el dichoso abogado, médico, brujo..., pasa risueño y huyendo. Por entre los que esperan, se eleva un murmullo que llega a griterío y, cuando cierra tras de sí la puerta de su oficina, la gente lo justifica. Se dicen unos a otros en voz queda. —¡*Es que viene de la corte!* —*Nooo, del hospital,* corrige otro susurrando. Existe un aura de misterio alrededor de los inocentes comentarios que alimentan el ansia de poder que todos quieren que él tenga. Desean que por lo menos alguien tenga control sobre sus vidas, sus líos y sus males.

Dentro de su pequeña oficina, ordena: —*Manden a la gorda a sumergirse en el agua con vibrador y a la flaca ajústenle las medias de compresión de aire*—, mientras sonríe entre carismático y comercial. Sé que está pensando que todo eso no sirve de nada, pero en todo caso complace a los abatidos y les da esperanza.

A mí se me olvida a qué he venido. Mi acompañante, fatigado, después de distraerme para que la espera no se me hiciera tan larga, se fue a dar una vuelta escéptica hasta que yo acabe con mi ¿visita, reportaje, consulta...?

# Muerte y reencarnación en un museo en África

Es muy difícil contar esta historia. Empezaré por decir que yo estaba muy afligida porque no sabía el paradero de mi madre desde hacía dos semanas, y a pesar de los letreros con los que mi hermano y yo habíamos empapelado la ciudad, nadie nos daba razón de su paradero. Tan sólo habíamos recibido un par de llamadas para tantear de cuánto era la recompensa.

Para entonces yo estaba encargada de una tienda en un elegante hotel de Manhattan y ese día, en que cambiaría todo, una muchacha que trabaja o trabajaba conmigo, ya no sé ni cómo contarlo, insistía en distraerme e interrumpirme de mis ocupaciones y preocupaciones para contarme que, aunque era muy exitosa en su puesto, no estaba feliz porque le era muy difícil mantenerse sin mancha hasta el matrimonio.

No sé bien con qué palabras que sonaban arcaicas me lo explicaba; algo así como: —*Aunque no lo puedas creer, se me hace muy complicado conservarme inmaculada e impoluta*—. Yo la hallaba tan antipática que me era imposible imaginar que alguien se pudiese interesar en ella. Igualmente, lo que más me molestaba era que no se diera cuenta que me importaba muy poco lo que pudiera pasarle comparado a mi aflicción porque mi mamá no aparecía.

A la salida de mi trabajo fui a tomar un taxi para continuar la búsqueda de mi madre, y mientras desesperada intentaba parar uno, me sorprendió ver un maniquí en una gran vidriera de la Quinta Avenida que llevaba colgando del brazo un *sweater* rojo al que se le había abierto una costura semejante a una herida. La imagen me pareció perturbadora, como una premonición.

Cuando logré conseguir el auto, y mientras íbamos por un camino sinuoso, el conductor dejó el volante y se volteó a preguntarme si no le daría unas monedas para su alcancía mientras me la mostraba. Le dije que nos mataríamos y me contestó sonriente y parsimonioso: —"*Sí, de eso se trata*"—. Entonces me di cuenta de que él estaba allí para dirigirme a la muerte, pero parece que urgía que le diera una moneda antes de que nos matáramos. En realidad, creo que era yo la única que se mataría, (él no parecía de este mundo). Le dije —¡*Claro que sí!*—, que le daría una, o todas las que quisiera. Mientras sacaba una moneda más grande que las demás, porque en realidad era una medalla, le pregunté a gritos, pero controlada, consciente de un destino superior a mi voluntad: —¿Y mi mamá?, ¿estará allí, adonde voy, mi mamá?

Todo desapareció. De golpe vi la sala impecable de un museo donde tenía que entrar en una barra larga de cuatro caras que contenía un líquido rojo y precioso, quizás era sangre. Luego ya no fui sólo eso sino parte de una cadena con cuentas de cristal que por alguna razón era muy valiosa para la curadora que la había ordenado.

El museo estaba en África. La curadora, una mujer negra y hermosa, era mi mamá encarnada en esa vida futura y la encargada de cuidarme como a su más preciada pieza de colección.

# Glamour

Hoy... huele a podrido. No adelanto un juicio, no me precipito, pienso y luego, muy luego... concluyo. Pero primero pienso: ¿Será por el muerto en el sueño de anoche? No, esa es una infiltración de mi inconciente, no hace falta explicar más.

En fin, este es un olor, en su naturaleza familiar, pero en su género bastante especial. Este aroma putrefacto con "F" mayúscula, porque se me hace que es la letra que huele peor. Es un olor húmedo, viscoso, gelatinosamente cotidiano, ¡y esa es la clave! Es cotidiano porque es neoyorquino. Ya que no hay Nueva York sin olores raros, así como no hay Buenos Aires sin olor a limpio (en mi memoria, por lo menos), ni Lima sin olor a mar (también en mis recuerdos).

Sí, este *aroma* es veraniego, neoyorquina-mente veraniego. Pero no se confundan, que no tiene nada que ver con la basura luctuosa de las calles. Tampoco tiene que ver con el vinagrillo, a veces aromatizado de naranja, (artificial, por cierto) que tantas veces nos recibe y nos persigue a lo largo de las estaciones del tren. Ni con el glamoroso olor a estiércol de caballo que nos envuelve como estolas a lo largo del chic Central Park South, o en la plazuela del suntuoso Hotel Plaza.

No, este olor no es de esos. Tampoco es el que colectan los restaurantes en esos civilizados recipientes tan estrepitosamente llamados *contenedores* que contienen en su interior todo tipo de fetideces inimaginables, como el sombrero de un mago expulsado del infierno.

Este olor, por si usted no lo ha notado, proviene de las hojas de no sé qué árboles, porque aquí casi nadie sabe de estas cosas, que tienen la olorosa costumbre de aromatizar los días veraniegos con su dulce y putrefacto aroma. ¿De quién será la culpa...?

¿Será una rebelión de la naturaleza que permanece en estado cataléptico la mayor parte del año? No lo sé. Pero, de cualquier forma, *esto* sabe a venganza.

## Respuesta

Yo fui la más sorprendida después de la intervención quirúrgica. Ya estaba tan debilitada que pensé que no volvería viva del quirófano, aun cuando la operación fuera simple, según decían los médicos.

Recuerdo nítidamente cuando en la sala de espera antes de la operación, me saludó con amabilidad un señor joven y trigueño. Tendría unos treinta años. Su rostro dulce y sonriente denotaba la confianza depositada en los médicos y en la sencillez de la cirugía, por la que también pasaría yo.

Cuando me recuperé de la anestesia, una enfermera con ideas innovadoras decidió mostrarme algo.

Me llevó en silla de ruedas hasta un cuarto frigorífico. Allí se encontraban acostados —unos al lado de otros y en plataformas unas encima de las otras— los cuerpos de los pacientes que habían muerto por esos días en el hospital. Sin embargo, yo, debilitada por muchos tratamientos, había sobrevivido. Creo que la enfermera pretendía que aprendiera a valorar mi vida.

En eso reconocí al joven de apariencia árabe al que había visto contento y confiado apenas unas horas antes. Era un cadáver pero parecía dormido y serio. Me dio una enorme pena, y me estremeció lo súbito e inesperado de su muerte.

No me cabía en la cabeza, ¿cómo se había producido un cambió tan definitivo de un momento a otro? ¿Cómo podía dejar de existir alguien que tan sólo horas antes había estado dándome ánimos y a quien, tal vez, esperaban amigos, compañeros de trabajo, quizás unos hijos, una mujer...?

Extinguirse, caducar la vida de alguien saludable que no esperaba morir... Luego las inevitables preguntas: ¿Por qué sobreviví yo? ¿Fui elegida por alguna razón o al azar? ¿Y si hubiera una razón... cuál era esa razón?

Días después, estando en casa, encontré sobre la nevera, escrito en rojo, un mensaje en francés que leía: *Est-ce que tu veux vivre?* (¿Deseas vivir?) *Si se comme ça, viens me rencontrer dehors! Mais tout d'abord répond-mois. Est-ce que tu veux vivre?* (Si es así, ¡sal a encontrarme y vive! Pero antes responde: ¿Deseas vivir?) Y yo, con un enorme esfuerzo trataba de recordar cómo decir "Sí" en francés, mientras escribía, con el corazón acelerado de emoción, la palabra: *Oui*.

# Tranvía

Yo sólo tenía nueve años, cuando fuimos a aquella nueva cita con la dentista. Mi madre y yo debíamos tomar un tranvía y viajar una larga distancia para llegar al consultorio que la doctora tenía en su casa.

A mí no me molestaba el viaje porque las zonas por las que pasaba el tranvía eran muy lindas. Había muchas viviendas grandes con jardines llenos de árboles y flores. Vivía gente adinerada a lo largo de casi todo el trayecto. En realidad, yo ya no quería volver a casa de esa señora, porque ella había sido... no sé cómo decirlo... ¿tan *malvada* conmigo?

La habíamos estado viendo durante las últimas semanas. En una de esas visitas, me había abierto hasta el nervio una muela que tenía una caries profunda, sin aplicarme ninguna anestesia. Las lágrimas me rodaron por las mejillas, pero fui muy valiente y pude aguantar el terrible dolor. Increíblemente, parece que desde entonces le simpaticé más.

Traté de hablar, pero apenas pude balbucear un par de palabras entre dientes y hacer gestos con las manos. Entonces, mi madre me dijo: — ¿*No es esto mejor que ser pinchado con una aguja para anestesiarte innecesariamente?* Y la dentista agregó: — *Ya casi terminamos.* Entonces cerró la cavidad sin hacer ninguna curación.

No era que cada vez que la visitáramos me hiciera pasar por ese infierno, pero ciertamente dos de las tres visitas habían sido intolerables.

De regreso a casa, logré que mi madre se riera mucho en el tranvía explicándole lo que sentí. Me gustaba escuchar sus carcajadas así que continué añadiendo nuevas y elaboradas descripciones sobre el dolor: —*Se me puso la carne de gallina. Sentí que los bellos de la nuca se me paraban. Las rodillas se me sacudieron como dados* —continué diciendo para que ella no dejara de reírse—, tan fuerte, que al final, las personas del tranvía también comenzaron a carcajearse sin saber de qué, simplemente porque su risa era contagiosa. Me reí mucho yo también.

Escucharla reír era tan bueno que me hacía olvidar el dolor. Quizás incluso había valido la pena el dolor, ya que mamá no se reía con demasiada frecuencia. Me sentí muy orgulloso.

Para asistir a la cita de ese día, tomamos el tranvía en el lugar de siempre, en el centro de la ciudad. Era el comienzo de la ruta y donde los conductores permanecían generalmente por un poco más de tiempo que en otras paradas.

Mi madre entró primero, yo lo hice por la puerta trasera. Estaba sin aliento porque había llegado saltando como una cabra, como hubiera dicho ella. Al ver un asiento vacío, lo tomé y le grité a mamá: —¡Aquí estoy!—. Ella estaba sentada dos filas adelante de mí. Estaba seguro de que me había escuchado, pero no se volvió a mirarme.

Entonces, supuse que no estaba de buen humor, así que miré por la ventana para empezar a disfrutar del paseo y cargarme de buena energía ante lo que me esperaba en el consultorio.

Mientras el tranvía se ponía en marcha, miré hacia donde mi madre había estado sentada, pero no la vi. El corazón me dio un vuelco tan grande que por un instante no supe qué hacer. Sentí un mareo, pero igual me levanté sin saber dónde buscarla ni si debía preguntarle al conductor. No hubo necesidad de nada, ya que al mirar hacia la acera la encontré parada allí. Se había bajado del tranvía cuando este estaba a punto de partir. ¡Me di cuenta inmediatamente que ella no me había oído cuando le dije que ya estaba sentado, y obviamente, se bajó a buscarme!

Golpeé el vidrio de la ventana para que se diera cuenta de que me encontraba adentro. ¡Era un día tan hermoso y soleado, pero me sentí muy infeliz! ¿Cómo podía haber sido yo tan insensible?

¿Por qué era siempre tan estúpido, peor aún cuando creía que estaba siendo listo? Mi madre me miró y me mostró la palma de la mano como diciendo: —*Quédate allí*— (también podría haber querido decir) —*Espera, ya verás el castigo que te daré por esto*—. Como no había preocupación en su expresión, supuse que iba a tomar el próximo tranvía o quizás un taxi para encontrarme a mitad de camino.

Se demoraba en darme alcance y todo lo que yo podía hacer era ver pasar la avenida llena de autos con una gran variedad de personas en ellos. Pude observar sus conductas y aspecto. Algunos parecían familias, otros eran parejas, vi incluso un vehículo con un perro que sacaba la cabeza y la lengua por la ventanilla.

Estaba extrañando a mi mamá y empecé a preocuparme. Así que me levanté a hablar con el conductor, que se había dado cuenta de lo sucedido, pero no había parado para que mi mamá subiera. —*Quiero bajar*—, le dije, y me puse una cara que significaba "¡Ni se te ocurra!". Comprendí que él no quería ser responsable de mi seguridad. Debe haber sido uno de los conductores que nos había transportado otras veces, así que me senté a esperar mi parada. Entendí que mi madre me encontraría en casa de la dentista si se le hacía complicado alcanzarme por el camino.

Cuando bajé, sólo tenía que cruzar una avenida angosta que generalmente estaba vacía. Me sentí extraño al no estar acompañado. Los alrededores eran muy hermosos, había mucha quietud y grandes jardines, pero preferí entrar a la casa en seguida. Golpeé a la puerta y abrió la mucama. Le pregunté si mi mamá había llegado y meneó la cabeza queriendo decir: "No". Me acompañó a la sala de espera del consultorio.

Como de costumbre, no había pacientes y me pregunté: ¿Cómo ganaría la dentista tanto dinero para haber comprado y mantener una casa tan lujosa? Cada vez que íbamos no coincidíamos con nadie.

Finalmente, se abrió una puerta y apareció la dentista saludándome con mucha más amabilidad que de costumbre. Me dijo que tenía que hacer algo antes de atenderme, así que me tomó por los hombros y me dirigió a la cocina donde se encontraban su padre y su hermana. La cocina era muy amplia, moderna y con un comedor de diario acogedor. La dentista le dijo a su hermana que me sirviera un té mientras volvía por mí. Pensé que era lo mejor para dar espacio a que mi mamá llegara. Me demoré tomando el té para alargar el tiempo.

La siguiente cosa que recuerdo es que desperté de mañana muy relajado, con ganas de estirarme y bostezar. Mientras lo hacía, quedé desconcertado porque no reconocí la habitación.

No me sentí asustado ni nada, sólo tuve curiosidad. Debía de haber alguna explicación para lo que estaba pasando. El cuarto lucía muy limpio y ordenado, con sólo unos pocos muebles y una ventana grande y sellada. Caminé de puntillas hasta la puerta y la abrí silenciosamente.

Reconocí la casa de la dentista y entonces recordé todo. Me sentí fatal cuando pensé en mamá y cómo había sido yo tan desconsiderado de dejarla en la estación. No podía, no quería imaginar lo que le habría sucedido si no hubiese llegado hasta ese momento.

Temblando como una cuerda y sintiendo una angustia que me mordía el estómago, llegué a una puerta entreabierta que daba a una pequeña oficina, desde donde provenía una voz de mujer. Era la hermana de la dentista, que hablaba con un tono aburrido y crispado. Al principio no pude comprender lo que decía, pero logré aquietar mis pensamientos lo suficiente como para entender. El corazón me golpeaba en los oídos: —*Joder, ellos sólo quieren darnos siete mil... dicen que hubieran preferido una chica, y esto se vuelve cada vez más arriesgado.*

Doblé lentamente las rodillas y me agaché con la espalda contra la pared. El temor y el temblor habían parado. Me tomaba tiempo aceptar lo que acababa de oír. No sentí miedo por mi suerte. Todo lo que podía pensar era que tenía que buscar una salida para lograr encontrar a mi mamá. Me pregunté cómo habrían evitado que viniera a buscarme. Quería salvarla de aquellas personas. Sospeché que la lastimarían si venía por mí. Quería advertirle y protegerla, después de todo yo no era solamente un chico estúpido, también era valiente. Había aguantado el dolor de la muela e incluso la dentista que era tan mala me había admirado.

Tendría que actuar como si no pasara nada hasta que esas personas de las que hablaban vinieran a recogerme o intentar escapar antes. ¿Qué iba a suceder? ¿Cuánto tiempo tendría?

Quizá mi madre había llamado a la policía y ellos iban a venir a buscarme. Volví corriendo sigilosamente a la pieza y empecé a tratar de llamar a mamá desde mi reloj pulsera, presionando todos los botones que tiene, pero no lograba comunicarme. Entonces, me di cuenta de que los nervios me jugaban artimañas. ¡Mi reloj no era un teléfono celular, estúpido de mí! Comencé a buscar un teléfono verdadero, pero no había ninguno. Entonces, decidí ir a la cocina, quizás se encontrara allí nuevamente el padre de la dentista. Me había parecido una buena persona, tenía el aspecto de un abuelo.

Entré a la cocina y, ciertamente, allí estaba otra vez. Me dijo, —Hola—, y me preguntó: —¿Cómo dormiste, muchacho? —¿Quieres algo de desayunar?— y respondí: —Sí—. Verifiqué la ventana y me pareció sellada, igual que la de la del dormitorio. Pude ver un perro dóberman muy grande corriendo y ladrando en el jardín.

Había algunos bistecs descongelándose en un tazón y, como el viejo no me miraba en ese momento, decidí tomar un pedazo grande y esconderlo sobre mis posaderas, dentro de mi calsoncillo. Me pregunté si uno sería suficiente para aquel animal tan grande.

Fue entonces cuando el hombre me entregó un plato con algo frito, y rozó mi mano de una manera suave y especial, pero desconocida para mí. Así, que pensé que, como soy un chico, quiero decir un chico joven, quizá él me había confundido con una chica. Entonces me paré de puntas muy estirado para parecer más alto y de modo persuasivo le dije: —Tengo doce años, ¿sabe?— Él sonrió y me dijo: —Después que termines quizás puedas venir a mi habitación para darme unos masajes en la espalda y hacer que me sienta mejor. —¡Claro!— afirmé, pensando que quizás podría ganar algún tiempo si le gustaba al anciano.

Posteriormente, encontré la forma de escapar de aquella gente horrible, saltando por la ventana del pequeño cuarto de baño en la habitación del viejo, engañando al perro con el bistec y tomando un tranvía que pasaba por la calle justo cuando me deslizaba por entre las rejas del cerco del jardín.

Todos me miraron con una expresión entre compasiva y horrorizada. El conductor, que curiosamente era el mismo del día anterior, me permitió viajar sin pagar. Seguramente recordaba el incidente con mi madre, y permitió que me sentara para regresar, a pesar de mi ropa manchada de sangre.

Encontré a mi madre en casa. Estaba realmente molesta de verme y no quiso llamar a la policía. Me dijo que nunca me perdonaría por haberme escapado del consultorio de la dentista. También dijo que yo nunca entiendo nada. Y, aunque hace ya muchos meses de esto, no he logrado hacerla reír desde entonces.

## Shangri-La

La vida es muchas veces caótica, y no debería sorprenderme haber visitado ese lugar inaudito, parte cielo parte infierno, donde lo único importante es aceptarse los unos a los otros.

¿Cómo entender que alguien que ayuda a la gente a ser normal no se considere psicólogo sino travesti de profesión, cuando en las noches de cabaret desnuda su cuerpo y oculta su rostro tras un maquillaje de mujer? ¿Cómo llegué yo misma a aconsejar a alguien que en vez de curarse de un cáncer se preocupara mejor por corregir su problema de calvicie? Debo haber estado contagiada por el ambiente inconcebible de la razón trastocada.

No lo entiendo. Me molesta visceralmente ese mundo que parece salido del país de las pesadillas. Y, sin embargo, algo en él me fascina. Tal vez su desparpajo, su desafiante mirada de locura a una vida que ofrece un momento único para expresarla, pero de la manera más extravagante y bizarra.

Es el mundo de todo lo posible; de lo mortal y lo inmortal, siendo a un mismo tiempo la misma cosa, además de lo moral o inmoral vuelto amoral.

Una especie de deseoególatra, que es más fuerte que todo, hasta que la vida misma, se ha apoderado de todos. Total, —*¿para qué es la vida si no?*— parecen preguntarse sus habitantes con actitudes de feria del descaro, y miradas cómplices de sociedad secreta.

En la ciudad hasta la naturaleza está trastocada. Durante el caluroso día nos hizo perder el equilibrio un hielo jabonoso que cubría algunas calles soleadas. También, hubo escaleras entrampadas por obstáculos ridículos, tales como bolsas coloridas llenas de basura, que parecían haber sido introducidas para recordarnos los escollos de la vida.

Le aseguro a nuestro guía, quien nos lleva hacia la salida del lugar, que nadie me creerá que existe tal mundo. Él se ríe, parece no comprenderme. Pienso que no comprende por qué no entiendo que así es la vida, que esto es normal.

Por el camino, una mujer hermosísima vestida con blanco traje estilo griego antiguo, y de cabellos rubios ornamentados con cuernos dorados de caprichosa fantasía, recuerda a los transeúntes el concierto de esta noche. Aquí todo es gratis, sólo hay que llegar y tomarlo, usarlo o disfrutarlo.

Quisiera quedarme a pesar de que todo me produce una cierta aprensión, pero no soy invitada. Imagino que es porque no me consideran lista para esta sociedad. Sospecho, al cruzar un rústico badén del camino, que ya hemos salido del lugar inaudito y lo pregunto. El guía no contesta, prefiere que lo entienda por mí misma. —*Esta experiencia me ha parecido un sueño, una historia creada para provocar a los visitantes*—, le digo, pero él permanece mudo.

No lo comento pero también me ha sorprendido descubrir a una mujer en esa dimensión que lleva mi mismo rostro y nombre. Hay algo muy amargo en sus ojos. Juraría que está envenenada o que su presencia puede envenenar. Me produjo tanto rechazo saber de su existencia, que el desasosiego me acompañó durante todo el recorrido.

¿Será que todos tenemos dobles tan sombríos, que de alguna manera somos seres de ese mundo torcido, disparatado, amoral y no sé si bueno o malo pero extraño e injuzgable especie de Shangri-La? ¿Será que a voluntad vivimos el cielo o el infierno, que somos capaces de ser el espejo de ambos lados, o lo que es lo mismo: lo uno y lo otro a la vez?

# Ironía

Él era tan perfecto, tan puro, mi mascota... Era el niño de mis ojos. ¡Lo amaba tanto!, ¡lo mimé tanto! Sabía que nunca tendríamos hijos y por lo mismo él se volvió, de alguna manera, un marido adoptado. No supe cómo ni cuándo ocurrió.

Creo que fue algo paulatino, sin proponérmelo, sin siquiera entenderlo. Comenzó por la sensación de placer que me producía imaginarlo llevando cierta ropa elegida por mí, lo veía lindo, gallardo, guapo. Disfrutaría de mi hombre al que desvestiría de la prenda elegida, después de haberlo vestido para que me sedujera, después de haberlo consentido como a un niño al recibir un presente, una sorpresa.

Él se convertiría en mi presa, casi siempre luego de haber vuelto del teatro, otras veces de la ópera, mientras la música que soñaron los compositores de otros tiempos aún resonaba en mi cabeza, transportándome a otro momento, a otra época imaginada y perfecta, por lo mismo, por imaginada, realmente perfecta. Entonces su perfume, aquel que yo también había elegido para él y para mí, me erizaba los cabellos del placer. Sentir sus manos por mi espalda como peces nadando entre mi sudor y su saliva, en el fragor del momento, era una delicia.

¿Por qué razón todo no podía continuar así de perfecto? ¿Porque era la vida real y no una película? ¿Porque él era más sapo que príncipe? ¿Porque yo lo había inventado?

Como muchas otras veces, lo había visto empacar para el viaje de negocios, pero me llamó la atención la forma casi furtiva en que, esta vez, incluyó en la maleta algunas de mis prendas favoritas. Ofrecí plancharle las arrugadas, doblarlas con más delicadeza al notarlas revueltas. —No, no te preocupes, amor—, me dijo, —me las plancharán en el hotel—. ¡Qué lindo! pensé, me está ahorrando el trabajo de hacerlo, olvidando así la sensación de aprensión inicial.

Su estadía no fue larga, bueno, no más que otras veces. A su regreso vestía una ropa impecable y bella que yo también había comprado. Me dio tanto gusto verlo que no pudimos llegar a casa sin atacarnos a mitad de camino. Unos cuantos mordiscos, unas palabras atolondradas, unas lamidas gatunas, todo muy armonioso a pesar de parecer medio salvaje al contarlo.

Al llegar a casa, se fue a dar una ducha. Él sabía cuánto me fascinan los aromas e imaginé que tenía ganas de complacerme olfativamente. No le acompañé, para poder guardar sus cosas. Primero colgué el saco, después guardé los pantalones, la camisa debía lavarse, así que la doblé para ponerla en el cesto del baño cuando él saliera.

Moví unos libros y del maletín que había traído en las manos, se cayó la cámara. La tomé para guardarla, pero algo en ella me llamó la atención. Creo que desprendía un leve olor a anís, el mismo que había notado en su aliento delicioso. Decidí adelantarme a ver las fotos que mi marido me compartiría de todas formas.

En la primera, encontré unas manos desconocidas apoyadas sobre sus hombros, tocando una hermosa camisa negra elegida por mí. Esas mismas manos resbalaban por su pecho. Después, la mujer lo besaba en la mejilla, luego en la boca, en todas ellas con pasmosa libertad. Algunas imágenes mostraban su amplia sonrisa de chico travieso mirando a la cámara con ese aire de inocencia inteligente que le caracteriza.

Hasta entonces, él había sido eso para mí: un hombre bueno, pasional, amable, terco, pero sincero, siempre frontal. ¿Qué era esto? Pasé más fotos sin poder pensar. Un zumbido me atravesaba de oído a oído. Era como si todo hubiera desaparecido a mi alrededor y en realidad, así había sido. El hombre que yo conocía... había dejado de existir. Su sonrisa amplia era ahora un cuchillo, una burla cruel, muy cruel.

No sé cómo logré dejar de mirar, mi pulso volaba, podía sentirlo en todo mi cuerpo y en toda la casa. Mi rabia no tenía nombre, *ira* era una palabra demasiado bonita. Lo que yo sentía provocaba morirse, explotar.

Escuché que cerraba la ducha, y ya pronto saldría del baño. Me vino a la mente una recopilación de pequeños recuerdos en los que mi memoria había coleccionado sospechas de algo que yo no quería ver.

Mi consciencia era un rayo que velozmente recorría mis recuerdos iluminándolo todo, hasta los más mínimos gestos que ahora, sabía, habían estado allí para ocultarme algo; cuanto más amables más me retorcían el puñal que había empezado a matarme a mí también.

A penas siento que abre la puerta del baño corro hacia el despacho y me encierro. Entonces, me llama por mi nombre, por mi apodo cariñoso, CARIÑOSO. Me busca con los pies mojados que escucho dejando huellas en el suelo.

He trabado la puerta. Sé que necesito apartarlo de mí, protegerlo de mí. Ahora soy un monstruo capaz de lo peor, de cualquier cosa. —¿*Acaso no se merece justamente lo que sea que salga de mí este insecto, este batracio?* Cierro los ojos y los puños, pego duro, durísimo contra la puerta. Él viene, se acerca, pregunta: —¿Qué pasa? ¿Pasa algo, mi amor? ¿Dónde estás, mi vida? ¿Corazón...?

Mi corazón ya no es tuyo, pienso; ahora lo es mi hígado, pero sólo logro emitir un ruido gutural, bruto, torpe, casi un rugido. Y pateo y golpeo la puerta que no me ha hecho nada, sino más bien protegerlo de mí, de mi amor matado en mí misma, del veneno que me produce su ponzoña.

—¿Qué pasa? — insiste él, con una voz que cambia de tono y me asusta darme cuenta que acá se acaba la historia, y que acabará mal, muy mal... Entonces, algo dentro de mí se apaga, algo como un interruptor. Una parte de mí deja de estar iluminada, me aquieto, me enfrío, soy como de goma, abro la puerta y despliego una sonrisa juguetona y perversa.

Lo sé, es perversa, y él la reconoce, y le resulta invitadora, maravillosamente deliciosa, me embiste, me lleva sobre el escritorio, me respira en el cuello, imagino el suyo sucio de otra saliva. Aunque él va muy rápido, en mi cabeza todo va en cámara lenta, y a través de ella lo veo, desde muchas perspectivas, haciendo lo mismo que me hace a otras tantas mujeres, en otros tantos lugares, mezclándose con otros olores, con otros sudores, con otras bacterias...

Estiro los brazos sobre el lustroso mueble color caoba, me pierdo en el placer que es sentirlo a él y a muchas otras a través de él. Es alucinante experimentar esta sensación desconocida hasta este momento, y ¡me produce tanto asco este placer!

Estiro más los brazos y mis dedos rozan una superficie cristalina, fría, labrada por algún artesano de Bohemia, de cuando era libre y feliz. Es una pieza muy cara y hermosa. Recuerdo cuando la compré, —Será buena para defenderme por el camino—, había bromeado con el vendedor. Cerré la mano de manera invertida alrededor de su forma fálica de candelabro de mesa.

Me sentí macho, toro, me sentí furia y todo comenzó a latir de nuevo en un torbellino de ira, (qué nombre tan bonito). En el primer golpe, no supo qué lo tocaba, ¿quizás el placer? Así que le mordí los labios, para que no pudiera escapar. Esta segunda vez dirigí el golpe a la altura de mi cara. Su cabeza reventó como un huevo. Un huevo que me manchó enseguida de sangre, y su rostro sorprendido, atravesado de tentáculos rojos, muy rojos, me miró con ojos atónitos. Hubiera jurado que lucían agradecidos.

¿Agradecidos de qué? ¿De haberlo liberado por fin de la farsa? ¿De esa fiesta que él tanto habrá disfrutado sin poder contármela, a mí que siempre fui su compinche?

De pronto, todo se aceleró de nuevo y pasó muy rápido, tan rápido que, en el instante menos esperado, él ya estaba sonriente y envolviéndose de nuevo con la toalla. No supe en qué momento había dejado de alucinar.

Me resbalé del escritorio, confundida y desnuda. Corrí hacia la cámara, que aún estaba en el suelo y, ante el estupor de mi esposo, mi compañero, mi cómplice, la arrojé por la ventana abierta hacia el atardecer.

El olor raudo del anís pasó volando por nuestras papilas olfativas, juraría que lo saboreamos los dos. Luego, el estruendo de las herramientas de metal pegándose entre sí nos indicó que algo extraño había pasado. Corrimos presurosos al balcón para ver lo ocurrido, y allí estaba el inerte cuerpo con la cabeza mortalmente herida por la cámara. Así fue como maté sin querer al jardinero que acababa a esa hora su labor.

Desde entonces, las fotos de mi marido con olor a anís están en Facebook. Su amante las publicó, complacida en lastimarme y quedarse con él, por lo menos por ahora. Hoy, gracias a esa página diabólica no puedo ocultarle al mundo, ni a mí misma, que él no es quien yo quería creer que era. A mis amigas, escépticas desde el comienzo de nuestra relación, tampoco puedo ocultarles la verdad, menos aún ahora que el pobre Ramón yace bajo tierra gracias a mis ansias de querer borrar la verdad.

# Aprensión

—*¡Ay! ¡No! Me da miedo*—, dijo Carlitos mientras miraba con ojos horrorizados el bistec que le iban a servir al plato. —*Pero si sólo es un trozo de carne*—, le dijo la anfitriona con amable sorpresa. Los demás comensales pensaron que era vegetariano y, claro, en esta época de total tolerancia queda muy mal insistir en que alguien se coma un trozo de carne sólo por darle gusto a la cocinera.

La anfitriona, entonces, entre confundida y dolida, le ofreció presurosa una fuente de ensalada de la que Carlitos aceptó servirse con una sonrisa angelical. —*¿No tiene nada raro, verdad?*— preguntó sin pelos en la lengua. La acompañante de Carlitos, respondió, visiblemente exasperada: —*No, no tiene nada raro o es que ¿no ves que está hecha sólo de verduras? ¡Ver-du-ras!*

—*Sí, ya sé*—, dijo Carlitos, —*pero no quiero que tenga alguna cosa que yo no coma*—. Al ver en la expresión de su hermana, que se le había acabado la paciencia, se sirvió sin chistar. Sin embargo, continuó con una actitud dubitativa que hizo pensar a los otros comensales que algo, además de las recetas de la casa, andaba mal.

Al final, Carlitos había comido básicamente arroz y ya. No sin antes haber paseado la ensalada por todo el plato, auscultándola, oliéndola cuidadosamente, y llegando a devolver al cubierto algo porque no le pareció comestible. —*Es el tallo de un berro, cómetelo*—, le había dicho su hermana entre dientes con un codazo mal disimulado. Poniendo de manifiesto la impaciencia que la actitud de su hermano despertaba en ella desde hacía mucho.

Cuando retiraron la mesa, Carlitos dio las gracias muy efusivamente. No se suppo si porque le quitaron del frente el martirio de la cena o porque el arroz le hubiese gustado tanto. Parece una burla, pensó la dueña de casa un poco dudosa de su opinión.

Terminada la cena, los invitados pasaron a la sala para charlar y hacer la sobremesa. Sirvieron bajativos, más que nada Sambuca y Frangelico, aunque hubo quien prefirió un coñac. Tal vez para pasar el bochorno de la mesa, aunque no se sabía muy bien qué pasaba por la cabeza de cada uno acerca de lo acontecido.

—*¡No, no!*— dijo Carlitos apenas le acercaron la bandeja con licores, pero al advertir las hermosas copas preguntó: —*¿Qué es eso?*— apuntándolas con el dedo índice. —*Un bajativo*—, dijo el esposo del ama de casa. Entonces nuestro amigo acercó su poderosa nariz a la bandeja. Después de husmear los aromas, mientras el señor de la casa medio se acuclillaba mostrando el contenido de las copas, Carlitos dijo con una actitud entre dudosa, y lo que algunos pensaron, burlona: —No, no gracias. *Muuuy amaaable, pero nooo.*

Felizmente, la hermana de Carlos se encontraba en el baño en ese momento. En realidad, había ido para dejar que Carlitos se las arreglara sin ella, y no pasar una nueva vergüenza.

Cuando volvió le ofrecieron una copa y ella aceptó la Sambuca. —*¿Cómo... tú tomas eso?*— le preguntó Carlos. —*Sí, ¿por qué? —Bueno...*— se encogió de hombros el hermano, ya bastante calvo, pero con esa misma actitud confusa que tuvo siempre. —*Que yo sepa, tú no tienes problemas para ir al baño—*, se atrevió a decir. —*¿Y eso qué tiene qué ver? —¿Qué, eso no es un laxante?*— Dijo pegando el mentón al pecho ocultando la voz. La hermana decidió no contestar, pero se le subieron los colores, no se sabe si por la rabia, el alcohol o por ambos.

Cuando se despedían en la puerta, Carlitos dio la mano al ama de casa y le dijo con entusiasmo cuánto había disfrutado la velada. Ensalzó en especial el salón lleno de libros de arte, que le parecieron muy interesantes, y la hermosa música de Bach dirigida por Karajan, que habían estado escuchando a lo largo de la noche sin que nadie más la distinguiera. Por fin la señora se sintió halagada, no se podía negar la sinceridad de esas palabras con conocimiento y el generoso comentario.

—Y *lo mejor de todo*— añadió Carlitos —*es que usted no tiene gato ni perro, esos animales odiosos que incomodan todo el tiempo*—, y rió seguro de sí mismo. La señora sintió algo entre rabia, lástima y despecho. —*Sí, sí, lo tenemos, pero está encerrado en el dormitorio para que no se asustara con usted. En realidad, se comió el bistec que usted no quiso. Se llama Leonardo en honor a Da Vinci, que tanto debe gustarle, y es un hermoso y gigantesco gato*—, añadió la dama al borde de la histeria. Con esas palabras quiso reivindicar al gato, a la familia y sus artes culinarias, todo lo cual de alguna manera, que no podía explicar claramente, sentía ofendidos por este hombre, niño o monstruo.

Le dio un beso en la mejilla a su amiga y hermana del sujeto y comenzó a buscarle alguna rareza a ella también. Mientras caminaban por el corredor, alcanzó a oír a Carlitos pidiéndole a la hermana el desinfectante de manos. Magnolia, disimulaba haciendo como que no lo encontraba en el bolso. Sospechaba que la mirada de su jefa los seguía a lo largo del pasillo que, interminable, no acababa de llegar al ascensor.

## Cena ejecutiva

Esto de cenar a las seis de la tarde de un día gris y húmedo, en una cúpula de edificio antiguo, tiene mucho de novelesco. El mantel de encaje y el arreglo floral en tonos rojos en medio de tanto primor de platería y vajilla europea, bajo la luz tenue de las velas, me hace pensar en la tisis. Entonces, trato de ser más objetiva. Miro a mi alrededor, las demás mesas están llenas de señores que conversan quedo, todos tienen aire de ejecutivos de alto rango, y consumen un menú gourmet comenzando con vinos y *hors-d'oeuvres*.

La luz grisacea que entra por las ventanas es húmeda, juraría que espesa, y se infiltra en las paredes antiguas, profunda y veladamente; en la voz apagada de los comensales, y hasta en sus risas que brotan a ratos, como chasquidos de agua. La siento en mi acompañante, también ejecutivo y frío, y a quien no reconozco. Siempre acostumbrada a verlo como a un amigo, ahora su presencia acentúa la soledad y la frialdad que siento penetrándome, invadiéndome.

Me hiela que no seas tú quien esté a mi lado, y sospecho la imposibilidad de que algún día alguien pueda reemplazarte. No aguanto más este frío que es tu ausencia. La ausencia del hombre que he amado durante tantos años y con quien todo terminó apenas ayer.

La realidad me produce una sensación indiscernible que no tengo tiempo de evaluar, provoca en mí una náusea y un ardor que me aísla de mi entorno. Es como si todo estuviera perdido antes de vivirlo. Siento algo feroz taladrándome la raíz misma del pensamiento. Para aplacar este vacío, busco estar acompañada, pero el intento acentúa el dolor, la náusea, la casi insoportable parquedad de las cosas. Siento como si perteneciera a una especie única y extinta, de la que no quedara nadie con quien reconocerse afín; ni siquiera me reconozco yo.

Estoy aquí porque creí que lo más parecido a nosotros sería este círculo al que yo también pertenezco. Pero sin ti no entiendo cómo funciona este mundo desesperado.

No soy capaz de aguardar a digerir lo que siento, me incendio, me muero. Terminé la relación porque no había otra alternativa, pero estoy atrapada en este mundo al que únicamente tú sabías ponerle calidez, harmonía. Por otro lado, tu deslealtad me superó.

Ahora me siento mareada, no entiendo lo que me dicen, es como si me hablaran en otro idioma. Pido permiso, me levanto, dejo caer la servilleta que mi amigo recoge. Los camareros creen que busco los servicios y me dirigen con gestos. Salgo del comedor, llamo el ascensor, pero no puedo esperar, es demasiado para mi ansiedad. Quisiera lanzarme por la escalera, pero la bajo. Es monstruosa, inmensa, antigua, imponentemente fría, como para un edificio habitado por gigantes.

Aquí se acabó la ostentación. Aquí es evidente la parca realidad. Los pisos, unos tras otros, presentan tiendas cerradas con rejas, todo es sospechoso, como abandonado, triste, decepcionante. El espanto me abrasa con su fuego helado.

Sigo bajando. No logro dominar el pánico. En una de las plantas hay un bar, cafetería, quién sabe qué. Entro, está casi vacío y el color predominante es plomo. La sensación de aislamiento me recuerda a los ambientes de Hopper, pero sin color. Aquí todo parece hecho de acero. Presiento que me miran raro. Ya atravesé el salón, me acomodo cerca de una ventana. La luz que se trasluce por los vidrios opacos es lechosa y fría. Se ven a medias los rascacielos de Manhattan sumidos en la niebla. Miro, busco a mi alrededor, tal vez con el calor de los seres que me rodean me sienta aliviada.

Solo hay dos hombres conversando en otra mesa. Uno tiene los pelos parados como una cresta entre roja y verde; el otro, vestido de cuero negro, pretende que lo escucha, pero en realidad sé que están pendientes de mí. Yo no tengo cabida en este mundo que parece hecho de robots y hierro y la sensación que me corroe me obliga a salir huyendo escaleras abajo sin parar...

## París

Hoy París es como un perfume inyectado en mis venas. Un perfume tóxico, que me embriaga, produciendo en mi cuerpo un aroma que expande la sensación de su belleza e historias seductoras por mi piel.

La ciudad es dueña de ese olor especial a delicado abandono hecho promesa de retorno que siempre me hace llorar entre tus brazos.

Hoy París me persigue por las calles de Nueva York, se refleja en las vidrieras, en el sonido húmedo de los autos al pisar la lluvia y me recuerda a la que me tocó la tarde que atraída a Sacre Couer, por su belleza de ángel posado en Montmartre, decidí visitarla a pesar de la tormenta.

Seguramente eso hizo más especial la subida en el funicular, la bajada a pie, la visita a la exhibición de Dalí, la plaza llena de cuadros de pintores actuales, la voz de un sudamericano cantando y viviendo en aquella urbe de todos los artistas. Tuve la tentación de llamar y preguntar por el alquiler de un piso en una esquina torcida del barrio donde bien podría inspirarse desde una pintura hasta un suicidio.

De regreso al mundo más terrenal: el hambre me atrajo hacia los crepes en las ventanas de las tiendas. El mío fue de coco, quizás subliminalmente inspirado por Chanel. Lo fui comiendo calle abajo, camino del metro que me llevaría al Moulin Rouge. El cielo seguía tiznado de nubes sucias, las mismas que algún día, tal vez deprimieron a Toulouse Lautrec invitándolo a refugiarse en el cabaret donde encontraría el placer, la fama y la causa de su muerte.

Entonces, prefiero volver a los Campos Elíseos y mezclarme en el entramado de la gente moderna que exorciza las tristezas con ropas de marca y perfumes. Un cinema luce mega carteles de películas, una sobre el 9/11, me recuerda que estamos en el mismo mundo perverso a pesar de la belleza local. Y el Arco y las luces parecen una flecha disparada al corazón de mi placer. Paso a través del encanto de esta ciudad de brillo, sabores, colores, recuerdos e historias con Joe Dassin sonando en mi cabeza.

Mientras... aquí, en Nueva York, Brel me despierta de madrugada en brazos del letargo y el misterio de saberme en dos lugares a la vez.

# Guerra

*A los sobrevivientes*
*de quimioterapia*

El evento tuvo lugar en un espacio despoblado, en blanco. Los hombres que atacarían al ser estaban vestidos de cavernícolas. Eran cinco. El individuo, hombre y bestia a la vez, recibió las arremetidas del brutal procedimiento mugiendo, bufando y al final dejándose hacer a voluntad.

Los hombres que perpetraban el ataque lo hacían sin sentimiento de culpa, conmiseración o rabia. Lo hacían y ya, como un deber que ni gusta ni repele. Lo hacían por un sueldo, como mercenarios para quienes todo vale contra el enemigo. Yo, como periodista y testigo, recopilaba, escribía, describía y fotografiaba semejante suceso.

El ser se fue transformando con las mutilaciones. Adquiría formas cambiantes por dentro y por fuera. Trataba de acomodarse a su nueva invalidez. Pero en cuanto el intento parecía permitirle mantenerse en pie, los hombres del equipo lo envenenaban fumigándolo con substancias químicas de diferentes y mortales colores. Entonces, el sujeto se transformó en un espectro sobreviviente de sí mismo. Continuó vivo a pesar de todo. Sin saber bien ya quién era o si continuaría siendo alguien.

Fue entonces cuando, exentos de sentimiento alguno, lo quemaron. La criatura no gritó, tampoco murió. Se transformó una vez más. Esta vez ya no sería medio animal, medio bestia, sino medio árbol, medio espectro. Sus ramas secas se retorcían sobre sí mismas. Un ojo le colgaba entre las hojas chamuscadas- La mole de su cuerpo, que parecía haber duplicado su peso, se deslizaba con dificultad por ese ambiente sin espacio ni tiempo donde había ocurrido el ataque.

Los hombres dieron por terminado su trabajo. Recogieron sus pertrechos, sus uniformes cavernícolas elaborados de pieles, y con expresión indiferente comenzaron a marchar. La criatura, pudiéndose mover a duras penas los siguió reconociéndose un engendro creado por ellos, quienes ahora no asumirían ningún vínculo o responsabilidad.

Yo seguí fascinada registrando todo en mis apuntes e inmortalizando el momento con mi cámara. El hombre árbol parecía buscar una salida. O tan sólo una explicación de cómo vivir desde aquel momento en aquella piel, que jamás volvería a ser la misma en la que había nacido.

Los mercenarios, con otro caso en mente, compartieron entre ellos una sonrisa profesional y leve, alejándose para siempre del ser que, abandonado a su suerte, solo pudo seguirlos con la mirada.

## Pesquisa

Hice mi trabajo como de costumbre, o sea, bien. Cumplí con todo lo que se espera de una buena investigadora privada. No somos muchas las mujeres en este campo, o eso es lo que creo.

Por esa misma razón tengo una clientela muy selecta de señoras capaces de confiar en mi labor. Es algo que no se da tan a menudo, porque como ya podrán suponer, la persona investigada es, en la mayoría de los casos, un hombre infiel a su esposa o compañera con otra mujer.

Claro, hay situaciones variadas, como aquellas que antes horrorizaban y, ahora no tanto, me refiero a aquellas en las que el marido o mujer está traicionando a su pareja, con alguien de su propio sexo.

Bueno, en este caso en particular, se trataba de una de las investigaciones más comunes: seguir, descubrir y comprobar, con todas las evidencias posibles: fotografías, videos y demás, la deslealtad del esposo con otra mujer.

No es que me guste este tipo de pesquisas pero es mi trabajo y si bien no me alegra comprobar el engaño, por una cuestión de ética personal, tengo que confesar que me complace hacerlo bien. Me da satisfacción confirmar sin lugar a dudas, sin posible refutación, la veracidad de los actos y sacar a mi cliente del engaño.

Si fuera yo, sé que no querría saberlo. Pienso que hay algo malsano en el deseo de conocer la verdad. En mi caso, lo peor sería no saber cómo resarcirme del engaño.

¿Cómo lograr equilibrar esa situación, o sea, como *quedar empates*? No creo que hubiera nada capaz de repararlo, de dejarme satisfecha; ni devolviendo el *favor* con la misma moneda.

En fin, por lo menos no se trataba de mí, y especialmente, porque ya no me expongo a ninguna relación. No me gusta ser el blanco de estas historias.

Volviendo al tema en cuestión, la agradable señora recibió el sobre final que confirmaba sus sospechas. Entonces, decidió solicitarme un servicio extra: que estuviera presente cuando confrontara al culpable.

Nos encontramos en el salón privado de un restaurante con un gran ventanal que daba al atardecer de un jardín. Cada uno se sentó en el extremo opuesto de una mesa larga, y yo quedé en el medio. La mujer le presentó mis irrefutables pruebas sin decir que era yo quien las había conseguido. Ese había sido el arreglo para que mi integridad física no corriera riesgos innecesarios.

Mi papel en este encuentro sería aparecer como una mediadora matrimonial, sin embargo, mi intervención resultó una lección para mí. Lección que aún estoy intentando procesar.

El marido no pudo negar nada, es más, ni siquiera lo intentó. Luego de tomar el sobre, y se diría, adivinar su contenido con tan sólo tocarlo, bajó la cabeza con tristísimo gesto. —*Reconozco que he hecho algo muy malo. No tengo palabras para pedirte perdón, porque, además, si hay alguien que no lo merecía esa persona eres tú. Quisiera, por sobre todo, que me perdonaras, pero más que eso, quisiera ser capaz de mirarte a la cara sin vergüenza y no puedo. Sé que no podré nunca más*—, y mantuvo la cabeza gacha con un gesto lastimero.

Me desconcertó su manera de encarar el engaño, lo confieso. No pensé realmente que fuera a ser violento. Desde el comienzo de la investigación me pareció un sujeto taciturno y melancólico en busca de algo que lo hiciera sentir vivo. Creo que por eso tuvo lugar la infidelidad.

Su mujer, que lo conoce mejor que yo, seguramente sabe mucho acerca de su temperamento. Me volví a mirarla, desconcertada por la actitud de él, y la vi como a la mujer más enamorada del mundo. No, no pude entender nada de lo que ocurría, no soy nadie para juzgar a los demás, tampoco me sé capaz de perdonar algo así, pero me confieso conmovida ante ese sentimiento sorprendente del perdón.

Quizás, esta no ha sido la primera vez que la engaña, y él sabe muy bien como conmoverla hasta el punto en el que el respeto por ella misma pasa a segundo, tercer... último plano, debido a la lástima que logra inspirarle.

A menos, que todo fuera un juego, una forma depravada de ambos de incentivar un sentimiento perverso y exhibisionista para el cuál necesitaban de una tercera mirada como elemento de excitación. Reconozco que esto de ser investigadora, tiene sus bemoles porque, al final, uno acaba descoanfiando hasta de su propia sombra.

## Pasado

Posiblemente creamos que volver al pasado es un privilegio único. Sin embargo, hoy visité parte de mi pasado y sorprendentemente, nada tenía sentido para quien soy yo ahora.

Estuve en Lima y fui invitada a visitar muchas viviendas estancadas en el tiempo. Las amas de casa me abrían sus puertas para mostrarme sus hogares como si de tentadoras tiendas se tratara. Los muebles lucían repletos de chucherías coleccionadas durante toda la vida, pero suspendidas en el gusto de los años 60.

Había mesas de centro de madera con patas puntiagudas que brillaban. Parecían empinadas dentro de calcetines de bronce que las señoras se habían molestado en mandar a pulir. Algunos muebles, incluso, exhibían piezas de bisutería, que juraría, exhalaban el olor viejo del perfume usado en múltiples celebraciones.

Quienes me mostraban estas casas conservadas como taxidermiadas, estaban muy orgullosas. Sus jardincitos bien cuidados me recordaban a los barrios trabajadores de Inglaterra, mientras, por el hecho de ser cierto tipo de limeñas, les rezumaba esnobismo por los poros.

Cuando ya fue suficiente, porque no era capaz de poner buena cara a lo que me parecía tan fuera de lugar, aburrido y de mal gusto, pasó algo peor...

Apareció uno de mis antiguos novios a quien quise mucho. Por él yo había sentido algo inexplicable que me aflojaba todita porque me daba el espléndido placer de vivir a su lado y el privilegio de respirar su mismo aire. Esta vez quedé en shock. No sabía qué me pasaba o qué me había pasado. No le encontré nada de especial; más bien me produjo mucha incomodidad que él asumiera que aún teníamos algún tipo de compromiso.

Tuve que soportar verlo usando unas botas ridículas, contemporáneas de mi época moderna, las cuales sirven para la nieve en Nueva York. Al parecer, él pensaba que iban muy acordes con mi actualidad. Pero en el fondo, creo que era una metáfora de lo mucho que le gustaba la idea de apoderarse de mi futuro.

Como ya estaba cansada del viaje, opté por volver al presente, pero el único vuelo que conseguí no me llevaba hasta Nueva York. Así que, después del avión tuve que tomar un tren. Me tocó uno con un esplendido comedor con bar .

En la barra me encontré con un amigo diplomático (de un pasado mucho más cercano) y bromeando, le dije —*Si no reservas una mesa no tendrás donde comer*—. En seguida se apoderó de una y me hizo sentir comprometida a cenar con él.

Nuevamente estaba atrapada por el pasado, más cercano, pero pasado al fin. Mientras cenábamos observé unas mesitas ratonas rodeadas por un largo sofá que pronto estaría lleno de bullicio y gente alegre, pero ni eso me animó.

Tuve nostalgia de ese futuro que por mi estupidez había logrado perder. Y no era que me entusiasmaran tanto las posibilidades de lo desconocido, más bien, me aburría esta sobredosis de pretérito, que me retenía como en una prisión enmohecida.

Llegando finalmente a Nueva York, hallé mi casa muy cambiada. Comencé a buscar unos libros pero no encontré ninguno. Mi compañera de piso los había tirado para disponer de los libreros. Me parecía imposible que hubiese hecho eso con mis posesiones más valiosas. ¿¡En qué cabeza cabía!? Comprendí que como me había ido a visitar el pasado, ella juzgó que nada del presente me interesaba.

En eso ocurrió lo que yo nunca hubiera imaginado posible: mi ex novio venido del pasado, con esas botas horrorosas del presente y convencido de que nos pertenecíamos el uno al otro, apareció tocando a mi puerta.

Mi disgusto fue tan grande que no podía ni hablar. He dejado que lo atienda mi compañera de piso que parece que lo encuentra muy divertido y me he concentrado en mi laptop.

Mientras escribo, pienso en cómo zafarme de mi ex, ya que cuando terminé con él, se suicidó y eso me causó tremendos remordimientos hasta hace poco.

Parece que hubiera sido mejor ahorrarme ese viaje en el tiempo. Mientras escribo , él espera, y yo sigo pensando en cómo correr hacia mi futuro sin hacerlo en círculos.

## Alma gemela

Lo estoy viendo sobre el escenario en medio de los rayos láser de colores, y me parece mentira. ¡Se ve tan espectacular! Es tan impresionante su atuendo azul, estilo Superman, con esa bufanda flotándole sobre los flancos como alas. ¡Parece que fuera a volar! Los efectos especiales crean la ilusión fantástica de elevarlo sobre el resto de los mortales. En especial impresiona, cuando transportado por cables invisibles, flota por encima de los espectadores que, infantilmente, gritan de emoción.

Sin embargo, yo sé la verdad. Fuera del escenario se cree menos que nadie. Es mejor ni pedirle hablar porque no sabe qué decir. Vuelve a ser el hombre torpe, pueblerino y amanerado que nunca ha dejado de ser. Por eso le pareció fantástico mostrar las nalgas para una foto donde una mujer parecía a punto de besarlas. ¡Se veía masculino y seductor, sin tener que decir palabra!

Viendo el éxtasis que despierta en sus fans. Me pregunto si les molestaría saber de su homosexualidad, pero imagino que les daría igual. Lo que él despierta caldea la atmósfera.

Me asombra la necesidad que tiene el ser

humano de perseguir lo aparentemente sobrehumano. Por otro lado, también asusta ver cómo se puede crear "un producto" a través del "maravilloso" *marketing* y engatusar.

Sus fanáticas, no son muchachitas, sino más bien mujeres. Él ha demorado en llegar a la fama total, aunque con este álbum espera la consagración absoluta y creo que lo logrará. Además de disfrutar del extraordinario show, escucho por primera vez en el camerino la totalidad del álbum, al que los ingenieros de sonido han añadido mensajes subliminales. Me parece mentira que se haya invertido tanto dinero en este trabajo, pero aparentemente será todo un éxito.

El público, a pesar de la bonanza económica actual, debe de haber comprometido gran parte de sus ingresos para comprar una entrada. Veo que ha valido la pena porque las mujeres gritan de emoción, transpiran y hasta lloran. Imagino que verán representado en él al hombre ideal e irreal.

Algo en él demuestra una enorme necesidad de recibir amor, porque a pesar de su cuerpo musculoso y bien conservado, su personalidad llama a entregarle ternura. Algunas lo ven como a una máquina de producir placer, eso se entiende por la venta de sus provocativos calendarios. Además, ahora que se les acabaron las flores ya empiezan a lanzarle ropa interior.

Tiene mucho de contagioso este sentir colectivo. Hasta yo estoy a punto de olvidar quien es él en realidad y sucumbir al encanto fabricado por el maquillaje, las luces, los efectos especiales.

Yo, que estoy consciente de todo, y lo admiro más que nadie por su talento y por otras cualidades humanas, me dejo cautivar. De rato en rato me sacudo e intento conservar la cordura. Sin embargo, su primera imagen agigantándolo sobre el escenario no me abandonará jamás; tampoco las fotos más provocativas del calendario.

Una vez en el camerino, él vuelve a ser conmigo el muchacho de siempre, ya no tan joven pero siempre niño por dentro. Me pregunto si esa será una cualidad del hombre homosexual, los que conozco, parece que nunca quisieran o pudieran envejecer.

Transpirado y feliz, apenas se encontraron nuestras miradas, corrió a mí encuentro y me levantó por el aire. Sentí su calor abrasándome. Nos miramos nuevamente como dos enamorados, no tuvimos que decir palabra.

Ahora lo observo desde un rincón, es realmente bello, pero es más bello aún por lo que es por dentro. A veces siento que estoy jugando con fuego, que algún día sin saber cómo lo atacaré y seré de él, lo que él necesite que sea. Él me arrebata y, además, lo amo. Ya ni sé cómo, pero lo amo. Tal vez lo más complejo y seductor de esta relación es el hecho de que no puede haber nada entre nosotros además de mis fantasías. No sé si él tenga alguna conmigo...

Llegan unas mujeres que, más que saludarlo, desean entrevistarse con uno de los productores. Me pregunto cómo escaparon a su hechizo, y me doy cuenta, por su manera de tratarse, de que son lesbianas. Están vestidas de cuero negro, son muy bonitas y de cuerpos perfectos. Estarán en el próximo video juego para el que mi amigo prestará la voz y en el que aparecerán muchas relaciones ambivalentes. Nada pornográfico, todo sugerido, y por lo mismo mucho más cautivador que lo abiertamente sexual.

Los productores manejan muy bien las ambivalencias del ser humano. Usan a la gente que está frente y sobre el escenario para apostar, comprando, vendiendo o falsificando el talento y las emociones.

No puedo dejar de preguntarme, ¿Qué buscamos? ¿Qué mecanismo se enciende con el deseo que permite a otros manipularnos? Para muchos el placer es una moneda de intercambio. Por eso mismo, ¿cómo escapar al manoseo?

En mi caso busco amor, sé que amo a mi

amigo, pero no entiendo de qué manera. En realidad, es un suplicio, quizás soy más que nada masoquista. Vivo temiendo por su vida, por su conducta, por sus decisiones, por las cosas que me oculta y por mi rol indefinido en su vida. Siento que debería encontrar un nombre para calificar esta relación y hacerla lícita porque él y yo..., en realidad, solamente somos... almas gemelas.

# Noche

*A aquellos cuya vida el cáncer
ha tocado de algún modo.*

La noche era única, como único el momento. Tal vez, sólo desde entonces tengo la certeza de que todos los momentos son irrepetibles.

Nos había tocado por primera vez una enfermera a la que parecía no importarle nada, salvo el sueño atrasado que traía. Sentada, intentaba dormir, frente a la puerta del gran cuarto en el que estábamos internadas en la emergencia del Hospital de Enfermedades Neoplásicas de Lima. Éramos unas 12 pacientes las que nos arreglamos aquella noche sin ella.

También fue el primer día, y sería el último que vería con asombro y jocosidad la asombrosa singularidad de las mujeres que allí se encontraban. En especial una señora arequipeña, que había ingresado esa misma noche y quien al día siguiente sería sometida una riesgosa operación. Los médicos iban a intentar extirparle un tumor pegado a la columna que no le permitía siquiera usar una almohada, mucho menos sentarse.

Esa señora comenzó a hablarme entre nerviosa y animada en un comienzo, y mucho más animada poco a poco, sobre lo interesante que había sido su vida al lado de una familia a la que amaba profundamente.

Entonces, entraban sus familiares en pequeños grupos a despedirse y ella les daba recomendaciones curiosas: —*No te olvides de abrirle la puerta del cuarto al perro, porque después llora y no deja dormir a nadie. No dejes de tomar tu medicina porque ya sabes que te pones mal*—, le decía al marido. —*No olviden comer los tamalitos verdes que les he dejado listos dentro del refrigerador, en el táper blanco. Y ya saben: si me muero, no lloren porque ya nos vemos en la otra*—, y sollozaba controladamente.

Mientras salían unos parientes y entraban otros, tomaba aire y me seguía contando lo buena cocinera que era y lo bien que había dejado a su marido las recepciones oficiales celebradas en su casa. Durante muchos años su esposo había sido integrante del cuerpo diplomático del Perú. También me habló de los países que había visitado y de los muchos talentos hogareños que tenía.

Cuando entró la nuera y tres chicos, le dijo a ella cuánto la quería, que no dejara de estudiar y que cuidara de todos. A los otros: su hija adolescente y dos nietos pequeños, les repitió que si no se veían después de su operación ya se verían en *la otra*. Que se portaran bien y obedecieran les dijo, tratando de no llorar, mientras la nuera aguantaba el llanto y los niños las miraban perplejos.

Cuando salieron, con una increíble capacidad de ilación y fortaleza espiritual, continuó conversándome desde su cama. Me describió, incluso, a su primer novio con el que no se casó, —*Porque el pobre se llamaba "Petronilo"*—, dijo, sin sospechar que la señora al lado de ella, con linfoma de Hodgkin también se llamaba Petronila. Nadie se atrevió a decírselo, ni la misma Petronila, quien sufría en silencio los estragos de un tratamiento cruel.

Otra señora, que pasaba allí su segunda noche, se animó a hablar, quería que le dieran la chata y su timbre no sonaba, tampoco el de las otras internas. Sólo quedaba por probar el de una señora que, al descubrir que el suyo tampoco funcionaba, anunció: —*Está igual que yo: "no funciona"*—. Todas reímos con cierta complicidad. Luego agregó, como pensando en voz alta: —*Hubiera preferido tener diez hijos y no pasar por esta enfermedad*—. La señora de la chata le contestó en dos ocasiones enfáticas: —*Pero, ¿cómo va a comparar una enfermedad como esta con dar a luz?*— La del timbre insistía: —*Digo que hubiera sido mejor...*— y la maternal, la interrumpía impaciente: —*¡No compare, señora!*

Finalmente, alguien comentó que su marido la había abandonado. "La de los diez hijos" le respondió, —*¡Claro, pobre hombre! —¿Quién se va a aguantar semejante cosa al lado de una?*— Nadie se atrevió a refutarla, supongo que para no acrecentar el dolor de las abandonadas. Sin embargo, en realidad, a varias de ellas, incluso a Petronila, su marido venía a verla todos los días, le traía comida que le alcanzaba a la boca y no parecía perturbarle en absoluto su cabeza pelada ni las mangueras que le colgaban de los pulmones.

Yo siempre la recordaré hermosa, lo mismo que a la señora arequipeña tan extraordinariamente valiente y animada, inclusive jocosa y sobre todo creyente. Cuando más falta hizo, ella logró contagiarnos con su charla vivaz y esa chispa tan peruana que salva a cualquiera en los peores momentos. Actitud, postura o capacidad que nunca dejará de sorprenderme.

Esa noche fue ella, la señora arequipeña de la cual no recuerdo ni el nombre, la que encendió la chispa en la que hasta ese momento había sido una habitación con muchas personas y un gran silencio.

En ese hospital, a diferencia de cualquier otro lugar en un país tan complicado por sus grandes diferencias sociales, raciales, culturales, etc. se respira día a día una absoluta igualdad. En el dolor nadie parece recordar las diferencias, sólo reconocer las similitudes.

¿Será por eso que nos hace falta tanto dolor? ¿Será para que finalmente aprendamos a ver nuestras semejanzas y virtudes, dejando de apuntarnos unos a los otros llenos de envidia, rencor y competencia?

## Rehabilitación

Tuve un recibimiento horrible, los internos del reformatorio me odiaban abiertamente. Entiendo que no se trataba de algo personal, sino de lo que yo significaba para esa institución. Una maestra que les enseñaría la importancia del civismo y los valores en la vida era para ellos, la representación más hipócrita de la sociedad. La que de una manera u otra los había defraudado con sus códigos y limitaciones, casi siempre heredados.

Sus vidas eran el resultado de condicionantes como la pobreza, el hacinamiento, la tugurización, los paisajes horribles desde su niñez, que muchas veces incluían la promiscuidad y hasta el incesto. Los abusos, entendía yo, eran una lista interminable y después, muchas veces, los abusados se convertían en abusadores, incluso en criminales.

Pero yo, con mi apariencia urbana y conservadora, estoy segura que no daba para nada la imagen de alguien capaz de comprender ninguna de esas sutilezas. Por eso el primer día, uno de los internos me lanzó una bolsa llena de orines que fue a parar a mis pies y al reventarse me salpicó con su olor característico. Años antes no hubiera podido soportar tal afrenta. Para entonces, la madurez y la experiencia me habían enseñado que ese tipo de manifestaciones son, hasta cierto punto, lógicas.

Llevo trabajando con ellos desde hace unos seis meses, las cosas han cambiado tan considerablemente que nadie podría creer que se trata de la misma gente. Hombres y mujeres con los cuales parezco haber pactado un compromiso de protección mutua. Ahora quien no me aprecia mucho es la directora que entiende que me he vuelto demasiado importante en la vida de los internos. Sin embargo, reconoce, que los cambios se han dado en la medida en que he estado en contacto con ellos.

Rubén, quien me lanzó la bolsa de orines el primer día, es un muchacho flaco que tenía una mirada y un modo envilecidos y que ahora ha cambiado tanto que más parece un estudiante de preparatoria que un ex delincuente juvenil. Su aprecio por mí quizá tuvo que ver con la asistencia que le proporcioné por una leve dolencia física.

Estoy segura de que cuando él salga de aquí, para lo cual falta poco, hará todo lo posible por seguir una carrera universitaria en alguna institución del estado. De alguna manera, mi método de motivación ha funcionado tan bien con ellos como con cualquier otro grupo de estudiantes. Puede sonar cursi, pero es muy profundo; lo que siempre funciona es el amor, el amor por ellos y por este compromiso.

Esta mañana la directora ha estado especialmente insoportable. Desea que preste más atención a los *premios* que han enviado para los internos. Se trata de unas camisetas unisex de pésimo gusto y alguna otra bobada. Sé que mi trabajo con ellos es mucho más importante que regalarles tonterías como muestra de caridad. Temo que incluso les afecte al ego, pero debo enseñarles a comprender cómo funciona la mente de los demás.

A veces pienso que ellos están mejor que los hipócritas que creen contribuir con algo. Por otro lado, hay muchas personas que donan con buena intención. En fin, también me informan que acaban de llegar fondos para las compras y que están en efectivo para poder conseguir hoy mismo algunas cosas de las muchas que hacen falta.

Cuando voy saliendo del despacho de la directora, cargada con las camisetas, entra casi atropellándome un hombre viejo en una silla de ruedas empujada por una mujer. Me sorprende la actitud desafiante de ambos y la expresión agria y grosera de sus rostros. El inválido sonríe torcidamente al tiempo que nos muestra un revólver y exige el dinero de la caja. Mi jefa se ha quedado paralizada, no atina a nada. Les hablo en voz alta pero contenida para no alterarlos más. Intento así llamar la atención de los internos que pasan por el pasillo. Por primera vez tengo la extraña sensación de estar protegida por la capacidad de mis alumnos para cometer un crimen sin pensarlo dos veces.

Una alumna, que además de corpulenta es muy despierta, parece haber notado lo que está ocurriendo. Seguramente está planeando qué hacer para liberarnos sin que nos lastimen, pero no sé cuáles sean las posibilidades de que salgamos ilesas.

El paralítico ha llegado al límite de su paciencia y dice estar dispuesto a matarnos para llevarse el dinero. Le digo que está bien, que se lo lleve. Mi jefa y yo ayudamos a tirárselo sobre una manta roja y vieja que le cubre las piernas, él lo esconde bajo la misma, y con rostro sanguíneo anuncia que nos matará igualmente porque no puede dejar testigos.

Trato de ganar tiempo razonando. Le explico que no hace falta, que no los denunciaremos, que no vale la pena cometer un crimen, pero las reflexiones filosóficas no sirven de nada. Lo que sí sirvió fue que alguien tomando a la mujer por la espalda la arrastrara fuera de la oficina y la arrojara contra el piso. Enseguida y mientras al viejo se le escapaba un tiro mal apuntado; Teresa, la interna de la que ya esperaba una reacción, arrastra hacia afuera al inválido, pero este continúa empuñando el arma.

En eso veo a Rubén bajando las escaleras que dan al pasillo. Siento alivio, pienso que él sabrá qué hacer, pero al instante comprendo que los libros bajo el brazo y su expresión de repugnancia por la violencia reflejan mis bien aprendidas lecciones.

No sé quien, aturdidamente, me pone en la mano izquierda un cuchillo que los empleados usamos en el comedor, sin dudar, lo agarro con todas mis fuerzas y lo clavo en el brazo del viejo. Noto, por primera vez en la vida, lo conveniente que es ser zurda.

Nunca había experimentado qué se sentía al acuchillar a alguien. Nunca imaginé el alivio que podía experimentar al librarme de una alimaña como aquella. Soy consciente de que mi agresividad no es un buen ejemplo para mis alumnos, pero reaccioné en defensa propia, no tenía opción. No maté al hombre, sólo lo herí lo suficiente para desarmarlo. Lo que no podré confesar jamás es el placer que sentí al hacerlo.

# Huida

Se había fugado con temor, corriendo como loca, luchando contra el viento del Norte que soplaba de contramano. En su escape no había podido distinguir entre el cielo y la tierra y confundió a las estrellas con las luces de los faros de los puertos.

Jadeante y sudorosa, pisándose su camisón de alma halló un hueco y allí se acurrucó. Se quedó dormida; estaba lastimada y exhausta.

Después de algún tiempo, la despertaron unas voces celestes que venían del fondo de la cueva y le maravilló que hubiese vida en un lugar tan caluroso, húmedo y obscuro. Gateando, llegó al fondo de la caverna y escudriñó a los portadores de aquellas voces fabulescas.

Se trataba de niños con esqueletos fosforescentes que lamentaban crueldades y se esperanzaban con dulzuras. Al cabo de unos instantes, de verlos deambular tambaleantes por el peso de sus grandes cabezas, una campanilla les sonó por dentro y se pusieron en cuatro patas a lamer el suelo. ¿Se alimentaban de la caverna? ¡Se alimentaban de ella!

Luego de observarlos y escuchar sus conversaciones, decidió hablarles y sacarlos de la melancolía que los aplastaba. Así lo hizo, y los niños festejaron su presencia con sonrisas verdes de tristeza.

Ella les explicó que era un espíritu huido del cuerpo que la atormentaba y les propuso con un guiño la fuga a una estrella plateada. Las criaturas lloraron lágrimas rosadas y luego rieron infantilmente acariciando sus grandes vientres transparentes, mientras explicaban, con toda naturalidad, que no podían abandonar la cueva, porque eran los espíritus de los muertos antes de nacer.

Ella, espeluznada por la sorpresa, dijo adiós sin querer hacerles notar su desconcierto. Decidida a revivir al cuerpo que abandonó, se alejó comprendiendo que todo estaba medido y calculado y que su libre albedrío no le permitía decidir cuándo huir del dolor.

## Despedida Tiffany

Estamos despidiéndonos nuevamente, como tantas otras veces. Los dos vestidos de negro, los dos elegantes, estilizados, a la entrada de Tiffany en la calle 57 y la Quinta Avenida de Nueva York. Me has comprado un nuevo y pequeño anillo de compromiso. Piensas que el anterior no nos llevó hasta el altar porque no era de un *landmark* neoyorquino. Brilla el sol del fin del verano, aún lindo, luminoso. Como corresponde, me siento excitada, ¿triste? Me vienen lágrimas a los ojos y estas ganas locas de besarte y hacerte mío, en el sentido más civil del mundo, casándome contigo.

¡Son tantas las veces que me lo has pedido! Pero, como de costumbre, ahora no puedes. Te tienes que ir a Europa, esta vez no por tu visa, sino porque, según me dices, tu mamá está perdida desde hace tres días. Esa creo que es una buena razón. Me seco las lágrimas, aspiro mis secreciones nasales y te digo "you're right". Además te golpeo en el brazo izquierdo con mis guantes como si estuviera jugando, pero también en serio, y añado como si fuéramos niños: "It's better you leave now; otherwise we'll start arguing and everything will be umbearrable" (*Es mejor que te vayas ahora porque, de lo contrario comenzaremos a pelear y todo será insoportable*). Y me doy cuenta que nuestros mejores momentos como pareja son las despedidas.

Horas más tarde, y maletín en mano, sales de mi edificio, y caminando calle abajo como un cabro, retozas y saltas feliz de volver al rebaño. Entonces, veo a pocos metros de mí a una señora que camina como Miss Piggy, concordando con la descripción que siempre has hecho de tu madre. Anda muy cerca de la entrada a pasos cortitos y saltarines quejándose en voz alta de cuán fatigada se encuentra (otra razón por la cual la reconozco de tus descripciones).

Finalmente, se desploma en la acera con un aire cómico que tú llamarías patético. Apenas ha colapsado se acerca un taxista que se ve, andaba buscando clientes, y presuroso la levanta de un brazo y una pierna para arrojarla en el asiento trasero del auto como si se tratara de un costal. No tengo tiempo de nada. Todo es tan ridículo e inverosímil que sólo puedo reír al borde del descrédito.

Ahora comprendo por qué está perdida de su casa desde hace tres días. Ha viajado para encontrarnos y conocer por fin a la mujer que parece haberle trastornado el seso a su hijo, ya bastante particular, por cierto.

Imagino su sorpresa y aturdimiento al

haberlo visto convertido en lo que en apariencia es un caballero, quien a los tiernos 35 años ha aprendido a cortarse las uñas, acto que no parecen haber practicado ninguno de los señores de su familia hasta esta generación. Vestir de traje cuando hace falta, llevar buena ropa y colores vivos cuando antes usaba prendas de segunda mano porque le daba vergüenza sobresalir. Fue un hombre recio y muerto en vida, bebedor y fumador hasta que me crucé como una montaña en su camino y todo, por lo menos en apariencia, cambió.

Quiero llorar de la risa viendo que el taxista da vueltas a la redonda una y otra vez. Imagino que cuando el taxímetro marque una cantidad atractiva decidirá cobrarse y dejarla a pocos pasos de donde tuvo su espectacular colapso. A la velocidad que va, intentar pararlo es inútil.

Me voy a descansar la laxitud que me han causado tantas emociones encontradas. Además, lloraré también por tu partida caprina ilusionada de ninfas. Me da pena imaginar la escena entera y ver tus ansias de macho cabrío reducidas a la apariencia que de ti yo misma he formado. Me siento creadora de una criatura imperfecta y vanidosa que, al contaminarse con mi presencia ha perdido el rumbo, el rebaño y quizás acabe ahogado como Narciso.

Tal vez debiera quedarme en los confines de Tiffany y sólo disfrutar de los diamantes ya pulidos, a los otros, parece que es mejor dejarlos en bruto.

## Recuerdo

He viajado a Lima como suelo hacerlo, una vez al año, pero he viajado no sólo en el espacio sino también en el tiempo. Me doy cuenta del desfase temporal porque sé el futuro de todos. Mi prima Silvia aún está soltera y proclama que nunca abandonará su amado país. Con ese propósito terminó hace poco la relación con un joven que pensaba llevarla a vivir a Italia.

Me muero de las ganas de decirle que se casará pronto, y que muy a pesar de ella, tendrá un hijo no planificado. Más aún, que el muchacho que conoció la noche anterior será su futuro esposo. Considero la posibilidad de decirle que aunque hoy opta por lo contrario, acabará mudándose para el extranjero porque la situación económica de su pareja se hará insostenible acá. No me atrevo.

Su hermana entra al dormitorio. Trae consigo el alborozo acostumbrado, las ganas de vivir de su juventud alargada en compromisos de amigos y fiestas. Todo ello representa muy bien la buena atmósfera que las dos hermanas saben crear a su alrededor. También sé que esto no le durará, ya que dentro de poco tendrá que enfrentar una vida dura y muy diferente en otra ciudad. Y ni siquiera será aquella a la que emigrará su hermana. A mi tía, su madre, no me atrevería a decirle que le descubrirán una temible dolencia.

Igualmente, yo siempre lúdica en mis actitudes, anuncio a las chicas que conozco sus futuros y les pregunto si desean saberlos. —¡No!—, ninguna de las dos quiere. Creo que son muy inteligentes y deciden bien. No insisto.

Regresaré pronto a Estados Unidos y como tengo pago hasta fin de mes un departamento en Miraflores, pienso que sería bueno dejárselo por las semanas que restan a otra prima y a su madre, quienes provienen de un barrio humilde. Mi prima Úrsula lo rechaza. Mis tíos de Barranco tratan de convencerla, en especial el papá de las animadas hermanas, diciéndole que allí podría conseguir un mejor partido para sus segundas nupcias. Úrsula, con una serenidad y firmeza que los de la casa no entienden, dice que no le hace falta.

Me doy cuenta de su aplomo. Admiro su convicción de que pertenece al lugar en el que vive y donde es feliz. Aunque creamos que carece de muchas cosas, yo creo que le sobra algo que a nosotros nos falta...

Para concluir el día, decido hacer uno de mis recorridos favoritos por el malecón. Atardece, aunque todavía es temprano. El paisaje es hermoso, el inmenso mar en el que parece sumergirse el sol se alarga frente a mis ojos y el verdor de la costa crea un contraste cromático que me hace sentir plena. La calidez de la luz me alimenta.

Al rededor del Faro de Miraflores, están filmando un *reality show* de situaciones extremas, al estilo norteamericano. Resulta difícil permanecer en la zona. Hay cámaras y equipos de grabación en tierra. También filman desde el aire usando un helicóptero que parece acercarse peligrosamente a los acantilados. Repentinamente, ocurre lo peor. Una de las hélices choca con un poste y hace que el aparato explote y se desplome en pedazos sobre la gente del rodaje y los curiosos.

Se ha producido un estrépito ensordecedor y una sensación de supra conciencia me hace ver todo desde otra dimensión. Una parte muy grande ha caído sobre mí y ¡oh sorpresa! no me causa ningún daño. Algo en mí no reacciona, quedo anonadada. Me preocupan las personas mal heridas y los que iban en la nave. El fuego y el humo que produce la nafta envuelve a más víctimas, algunas gritan y corren, otras yacen gimiendo a mi alrededor.

Jadeante, se me acerca un periodista más sorprendido que yo a preguntarme cómo es que sobreviví a eso: —¿A eso qué?— le contesto aturdida, y me doy cuenta... y noto..., mientras él me dice:

—*El golpe, el incendio, ni siquiera te hizo caer, no te perturbó*—, y micrófono en mano espera una respuesta para su noticiero o programa de telerealidad.

Casi avergonzada, caigo en cuenta de que la preocupación por los demás no me dejó pensar en mí, pero algo más me perturba sobre manera... Acabo de descubrir o de recordar o de tomar conciencia de que no soy humana. ¡Lo más fantástico que se halla visto jamás en programa alguno! Yo no soy de este mundo, me dejaron aquí como un experimento, aunque, no recuerdo los pormenores... Siento que es cruel haberme permitido enamorar de todo esto que no es mío y que algún día me quitarán. Además, si llegaran a difundir esta historia quizás ni los que tanto quiero aquí me amarían.

Me he ido doblando en cuclillas. Las lágrimas fluyen como algo a lo que no tengo derecho pero no las puedo controlar.

El periodista parpadea empalidecido y mudo. El camarógrafo no ha dejado de filmarme. Con una fuerza que ahora sé de donde viene, me levanto a corretear al camarógrafo que a partir de ese momento es mi enemigo. Me zafo de los brazos del reportero que intenta contenerme. Sostengo de la camisa al camarógrafo porque quiero destruir ese video, esa prueba, es más: ¡quiero destruir la verdad!

# Diva

No pensé que esta mujer atrajese a una multitud. Cierto que es una celebridad. Pero, de ahí a que por verla descuidaran a dos niños que casi se ahogan en la fuente de agua del Lincoln Center, me parece absolutamente ridículo.

Yo me arriesgo y me lanzo por la alfombra roja hacia la carpa donde está la diva. Ya no es tan joven, pero de todas formas es mucho menor que yo y no deja de resultarme atractiva. Además, su fama y *glamour* me atraen como el olor de una fémina en celo. A mitad de camino me detienen. Yo sólo muestro mi carnet de prensa (ya expirado, pero que nadie se molesta en constatar) y me permiten seguir adelante. Supongo que mis canas y mi sobria apariencia no despiertan dudas en el personal de seguridad. Mi confianza se hace aún mayor. Pienso en mis amigos y en lo que dirán al saber de esta nueva aventura.

Dentro de la carpa blanca, ella espera que la anuncien para salir a hacer acto de presencia. Se encuentra bella y a solas, fresca a pesar de sus cincuenta y pico de años, y tan seductora como siempre.

Es una leyenda viva la que tengo frente a mí. Me sobrecogen sus ojos, pero más que nada lo que significa su imagen. Me oigo decir claramente: —*Para mí sólo ha habido dos mujeres capaces de cautivar al mundo de la manera que Ud. lo hace, y Ud. quizás sea la última de esta casta en extinción. Damas capaces de congregar y conmover audiencias con el solo hecho de estar presentes en algún lugar del globo.*

Algo de lo que he dicho debe de haberle sonado muy bien. Tan bien que, para mi sorpresa, me indica con un gesto que me acerque. El cabello, como siempre, lo lleva a la altura de los hombros y lo echa hacia atrás exhalando un olor exquisito. Inesperadamente, como una contorsionista, se arquea de espaldas descubiendome su cuerpo debajo de la falda conservadora de tableros color crema. Sé que desea que cumpla con mis deberes masculinos. No puedo negarme y a la vez no puedo creerlo. ¡Allá afuera está toda esa multitud muriendo por verla y ella aquí ofreciéndoseme de esta forma...? Debí creerlo y disfrutarlo. Tanto pensar me hizo desconcentrarme y desperté. Ha sido un gran desencanto darme cuenta de que estaba soñando.

Prendo la luz con aburrimiento y abro una revista que me regalaron. Apenas la hojeo, descubro en ella a la mujer de mis sueños, que me sonríe desde las fotos a color de una revista internacional. ¿Qué tipo de casualidad es esta?

Antes de volver a apagar la luz me tomo la píldora azul por si me la vuelvo a encontrar. Esta vez no me haré preguntas y estaré a la altura. Espero que la dichosa píldorita no me provoque un infarto o me deje torcido como a Quasimodo.

## Sueño

Dio incontables vueltas en la cama, hasta que el tiempo desapareció. Mientras caminaba sobre la arena mojada, lo fue humedeciendo una penetrante niebla marina. Entonces, escuchó gritar a un niño y lo buscó entre una claridad brumosa, casi fosforescente.

Detrás del vapor de la niebla, estaba el mar y divisó en él a un pequeño que pedía auxilio. Se lanzó al agua sin pensarlo dos veces, pero al tenderle la mano al crio descubrió que se trataba de sí mismo. Le pareció una burla cruel, y su otro yo lo celebró estallando en relinchos. El bramido y recordar que no sabía nadar le hicieron perder el control. Despertó como si chapaleara violentamente. El sudor le había humedecido los cabellos y el cuerpo desnudo se le pegaba a las sábanas.

Exaltado, se convenció de que lo mejor era no dormir y esperar a que la mañana disipase los fantasmas. Miró hacia la ventana por la que entraba una luz tenue y azulada. Como venida de tiempos remotos, escuchó la musiquilla monótona y triste de un carrusel. Aquel sonido le erizaba los pelos. Siempre supo que había en él un presagio siniestro.

La estúpida música, que aumentaba en intensidad, era perversa. Maldijo mil veces al inventor de *esa vaina* y escondió la cabeza bajo las almohadas. Era inútil, el sonido venía de su cerebro. Desesperado, gritó para cubrir el ruido. Su grito hizo trizas el silencio nocturno.

Entonces, descubrió que se había vuelto a dormir. Se tocó las sienes como para asegurarse que tenía la cabeza donde debía y buscó el reloj a tientas. La esfera luminosa mostraba las tres y algo de la mañana. Se dejó caer nuevamente sobre la cama. El sueño buscaba enredarlo, pero luchó por pensar en vez de soñar.

Quiso recordar cómo había sido la última vez que escuchó aquella musiquilla. Trató de reconstruir la historia pero el miedo de siempre lo atajaba. Bastaba con presentirla y una serie de imágenes y sensaciones se desbarrancaban por su memoria y sus sentidos.

Sin duda esos días olían a helado de vainilla. Vio nuevamente el delantal de Lety haciéndosele ondas al correr. De sí mismo sólo recordaba un par de rodillas sucias enmarcadas por pantalones cortos y medias. ¡Era tan tonto! Tanto, que cuando Leticia se contorsionó grotesca y violentamente, frente a la calesita, casi se muere de la risa. Hasta que su risa se convirtió en incredulidad primero y luego en gritos de histeria. –*Leticia murió del ataque*–, le comunicaron más tarde y él jamás se perdonaría su risa bestial.

Se había reído de la muerte sin querer. Se había reído casi hasta llorar, mientras su prima Lety se ahogaba al compás de un tiovivo con su delantal lleno de blondas.

Amanecía, vio su rostro reflejado en los vidrios del ventanal. Sus ojos tenían la perplejidad de entonces. Parecía que el recuerdo lo devolvía a los ocho años bobos. Empapado en el vapor de su transpiración y desengañado del mundo real plagado de recuerdos acusadores, cerró los ojos. Al tiempo que descendía al ambiente musgoso de un nuevo sueño, se abandonó al agotamiento, convencido de que nunca dormiría en paz.

# Soñador

Hace mucho que soy consciente de que estoy soñando, cuando estoy soñando, claro. Anoche, por ejemplo, aparecí en un club inglés del siglo XVIII aproximadamente. Estaba sentado cerca de una ventana abierta por la que entraba mucha luz y una humedad salobre evidenciaba la cercanía del mar. El lugar me contagió su atmósfera agradable y deseé disfrutar de la buena situación económica que me permitía estar en un espacio tan elegante y exclusivo como aquel.

Yo era hombre y pertenecía a un círculo de gente opulenta. Iba bien vestido, y el ambiente era ostentoso. Ciertos caballeros sentados frente a mí, lucían muy bien acicalados. Uno de ellos, arrellanado en un sillón, era joven, guapo y de rostro inteligente.

Por un gesto suyo reparé en que esperaba, le contestara algo sobre un comentario que acababa de hacerme. Mientras tanto, con un esfuerzo sobrehumano, yo intentaba no olvidar que estaba soñando y responder a la altura de mi pesquisa, sin dejar de saborear la singular experiencia.

El ambiente me seducía por su belleza y lo que hubiera preferido era olvidarme de experimentos. El viento con arenilla y salitre que entraba por la ventana abierta, enmarcada por sendas cortinas, me embriagaba. Pero comprendí que no podía seguir sin responder a las demandas de mi interlocutor que comenzaba a incorporarse.

Es entonces cuando me percato que me ha estado hablando de lo incómodo que se encuentra a causa de la ventana abierta y espera que le manifieste mi adhesión, para que la cierren. Al contrario de lo que espera de mí, decido contestarle: —¿*Cómo se siente ser un personaje de sueño?*— Me mira sin entender lo que le he dicho, así que repito: —¿*Que cómo se siente usted al ser un personaje de mis sueños?*— Me hace una cara rara, me mira con extrañeza y con un gesto torcido del labio superior me dice: —¿*De qué habla?*— Y yo, claro, entiendo que quiera seguir confundiéndome con su actuación.

—*Es bueno, muy convincente como actor, pero no logrará hacerme entrar en la trama esta vez*—. Mira a su alrededor, me señala con un gesto de la mano y me observa desconcertado. Se ha atrevido a señalarme a mí que soy su creador, o en todo caso, el escenario en el que tiene lugar su vida, sus actuaciones. Sin querer perder el hilo de lo que pasa, añado. —¿*Qué piensa hacer ahora con mi descubrimiento, con mi capacidad de ver más allá de este montaje?*

Anticipo su irritación, ¿será como la de un mentiroso al que se le quita el antifaz o hará el berrinche de un niño al que uno deja de seguirle el juego? —*Quiero que me confiesen sus propósitos, que me expliquen la razón por la que actúan en mis sueños. ¿De qué se trata, qué quieren enseñarme o para qué me entrenan? —¿A qué vienen todas estas farsas?*

Me cuesta entender que él me mire como si yo estuviera loco. Su cinismo ya colma mi paciencia y quisiera sacudirlo, pero los sueños violentos me amargan el día. Así que, lo dejo actuar, no sé qué sandeces dice, lo veo encogerse de hombros y enjugarse el sudor con un pañuelo. Pero no parece abochornado, más bien, creo que le preocupo. Desconcertado, empiezo a sospechar, a advertir... que en esa realidad... nadie está consciente de lo que son. Eso me desarma, —*¡Es de no creer!*

Es más, creo que ellos no saben que **yo** estoy soñando y que ellos son **mis** personajes. Yo queriendo descubrir de qué están hechos, y ellos ni sospechan quiénes son. En esta realidad, el ficticio o el loco, ¡soy yo!

¿Qué esperaba exactamente? Enterarme de qué tramado están hechos los soñados y los sueños. Imaginaba que se rendirían, tal vez se harían, literalmente, humo o levantarían las manos ante mí al saberse descubiertos y dejarían de actuar, tal vez se culparían unos a otros de tanto sueño extravagante que he tenido.

Qué extraño es todo, ahora creo que la vida de ellos es tan real como la mía... ¿O es la mía la que es tan irreal como la de ellos? Este sueño se disipó. Fue como si hubiera tenido que ser sacado de allí antes de que ocasionara una desgracia. Fue como si no se me permitiera despertar a esos otros soñadores... ¿Estarían ellos soñándome también?

# ÍNDICE

**Linda Morales Caballero** ha sido profesora en diversos Departamentos de La Guardia Community College de City University of New York, la escuela Renaissance en Queens, Nueva York, Naciones Unidas y de instituciones privadas por más de 20 años. Su trabajo periodístico aparece en: *Caretas* y *El Comercio* de Perú (para el que fue corresponsal), *El Sol* de Argentina, *La Tribuna Hispana*, *Tribes.org* de Nueva York y es coeditora de la Revista Hybrido de Literatura Arte y Cultura fundada por profesores del Graduate Center de Nueva York hace 26 años. En la misma ciudad ha coproducido y co-presentado dos programas radiales. Como letrista, es miembro de la Asociación de Autores y Compositores de EEUU, ASCAP.

Fue cofundadora del Certamen Anual Internacional y Antología LAIA, como un reconocimiento a los amantes de la literatura en lengua castellana. También, fue cofundadora del grupo literario *Fuego de Luna*, con el fin de conservar la calidez humana de la tertulia y promover la lectura en el idioma español.

Creó y coordinó, junto con la profesora y editora, Marisa Russo, el Círculo de Lectura de La Academia Literaria Alumni de Hunter College. Participó de la Conferencia Internacional *Transatlántico* con el panel titulado: "Fictional Visions: Writer, Translator and Filmmaker Consolidate Storytelling" conferencia organizada por CUNY, Brown University y el Instituto Cervantes basado en su enigma: *Labial,* junto al traductor: Marko Miletich y el cineasta independiente: Mauricio Zapata. Durante el verano de 2017 la Compañía Bramante de Valencia, participó en el Festival de arte multidisciplinario: *SANfest,* estrenando la obra: *Enigmas,* que está conformada por cinco *enigmas* de este libro y alrededor de los cuales el director David Dasaro formó este grupo teatral. En 2025 el enigma *Labial* es seleccionado por el prestigioso Festival Fuerzafest representado por el actor canario y Fullbright alumni, Edu Díaz.

En la actualidad hay proyectos teatrales, conversatorios y ensayos en desarrollo relacionados a los relatos contenidos en este volumen, los cuales también son utilizados en talleres de manera terapéutica.

Morales Caballero se graduó Cum Laude de Hunter College, del City University of New York con Licenciatura en Ciencia de la Comunicación, Crítica Literaria y Maestría en Literatura Hispanoamericana.

Sus poemas y relatos o "enigmas" aparecen publicados en los libros: *Desde el umbral, Poemas vivos: el Hombre adivinado, Poemas tuyos,* Argentina (2005) *Collage* (2014) y *Encantamiento,* España (2013) *Poemas del amor cruel,* El Salvador (2019) *El rumor de las cosas,* Nueva York (2020) ganador del International Latino Book Awards, 2020 y *From the Threshold,* Nueva York (2023) su primer poemario en inglés. También se encuentra en las antologías: *The Americas Poetry Festival of New York* (2015, 2016, 2017, 2022) Feria Internacional del Libro Ciudad de Nueva York, FILNYC (2020) Las antologías: Viento del Norte coordinada por Francisco Álvarez Koki, Sial Pigmalión, España (2023) *Poetas en el Cosmo Vitral,* México (2018) Voces del vino, Nueva York (2017) *Voces de América Latina I y III* con poesía y prosa, *Nueva York (2016)* las cuales han sido premiadas con el *International Latino Book Awards,* 2016 y 2017. *El hilo de la memoria,* prosa, Nueva York (2015) la *Antología dedicada al poeta mexicano Josué Mirlo,* México (2015) y las de los Festivales: *Encuentro Internacional de Poetas de Zamora,* Michoacán, México (2014) *El Festival*

*Latinoamericano de Poesía Nueva York* (2014), entre muchas otras. Gracias a *Voces de América Latina* su trabajo formó parte del programa de autores contemporáneos estudiados en Hunter College, CUNY y participó en la prestigiosa FIL de Guadalajara, México.

Antologías en inglés: The *Poetry Table Anthology*  New York, (2016, 2017, 2024) *The Covid Poetry Files, New York,* 2023 y World *Poetry Day, 2024. Poetry Ink,* 2024. *Ekphrastic Poetry* 2023. *Support Ukraine,* 2022, entre otras.

También en inglés, ha sido publicada en revistas como: la Canadiense *K1N,* la neoyorquina, *And then, Reunion, The Dallas Review* (antes *Sojourn*) de la Universidad de Dallas, Texas. Su obra, también, aparece publicada en diversos idiomas y en múltiples países: *Literal, Revista Altazor, Nueva York Poetry Review, The Creative Process, EastWest Literary Forum, Words and Worlds Magazine, Beltway Poetry Quarterly, Home Planet News, Pratik Magazine, A Gathering of the Tribes,* entre otras.

En 2022 produjo el Homenaje, "Salud por Trilce" en la ciudad de Nueva York que tuvo gran acogida del público. En 2025 ha participado en encuentros, conversatorios, lecturas, entrevistas y actuaciones performáticas en diversas universidades y teatros como ser: El Graduate Center de CUNY, Barnard College de Columbia University, la Tertulia IATI, en la ciudad de Nueva York.

Asimismo, es continuamente invitada a participar de encuentros dentro de diversas comunidades  como ser la cuatrimestral, Dance of the Word; Poetry Table Readings, The New York City Poetry Festival en el que ha participado a través de los años, invitada por diversas editoriales y grupos literarios en escenarios multilingües.

Su obra ha participado en las Ferias del Libro de Buenos Aires, FILNYC y Guadalajara, y ha sido invitada a Ferias del libro, festivales y homenajes en: Argentina, Bangladesh, Brasil, Canadá, Cuba, El Salvador, Egipto, España, EEUU, Irlanda, México y Perú.

La presente obra ha sido corregida y diseñada

por *Culture with no Limits*

Terminanda esta tercera edición el 10 de mayo de 2025

Visite la página de la autora en Amazon

y en Facebook

Contacto: lindamoralescaballero@gmail.com

www.ingramcontent.com/pod-product-compliance
Lightning Source LLC
Chambersburg PA
CBHW051527050726
47503CB00014B/2049